inn
earht

地球旅馆

人生
你是一支曲子
我是歌唱的

你是人间四月天

YOU ARE THE APRIL OF THE WORLD 珍藏版

林徽因 / 著   程碧 / 编选

北方文艺出版社

图书在版编目（CIP）数据

你是人间四月天：珍藏版 / 林徽因著；程碧编选
. —— 哈尔滨：北方文艺出版社，2019.8
 ISBN 978-7-5317-4537-2

Ⅰ.①你… Ⅱ.①林…②程… Ⅲ.①中国文学－现代文学－作品综合集 Ⅳ.① I216.2

中国版本图书馆 CIP 数据核字（2019）第 094860 号

你是人间四月天·珍藏版
Ni Shi Renjian Siyuetian · Zhencangban

作者 / 林徽因
编选 / 程碧

责任编辑 / 王金秋

出版发行 / 北方文艺出版社	网 址 / www.bfwy.com
邮 编 / 150080	经 销 / 新华书店
地 址 / 哈尔滨市南岗区林兴街 3 号	发行电话 / 0451-85951921 045-85951915
印 刷 / 天津丰富彩艺印刷有限公司	开 本 / 880×1230 1/32
字 数 / 218 千	印 张 / 12
版 次 / 2019 年 8 月第 1 版	印 次 / 2019 年 8 月第 1 次印刷
书 号 / ISBN 978-7-5317-4537-2	定 价 / 69.00 元

林徽因

1931年5月,梁思成和林徽因在天坛祈年殿陛 匦下的合影。

1934年夏,林徽因与费慰梅在山西考察。

1935年,林徽因在北平北总布胡同3号家中。

1936年,林徽因与梁再冰、梁从诫在公园。

林徽因在西南联大期间的合影。(左起：周培源、梁思成、陈岱孙、林徽因、梁再冰、金岳霖、吴有训、梁从诫)

目 录
CONTENTS

散文

ESSAYS

希望不因《软体动物》的公演引出硬体的笔墨官司	002
中国的皇城建筑	007
悼志摩	012
惟其是脆嫩	027
第一幕	031
山西通信	037
窗子以外	041
纪念志摩去世四周年	052
蛛丝和梅花	061
《文艺丛刊小说选》题记	066
究竟怎么一回事	071
彼此	078
一片阳光	084

诗 歌

 POEMS

"谁爱这不息的变幻"	092
那一晚	093
仍然	094
笑	095
深夜里听到乐声	096
情愿	098
激昂	099
一首桃花	100
莲灯	102
中夜钟声	103
山中一个夏夜	104
微光	106
秋天,这秋天	108
年关	112

你是人间的四月天	114
——一句爱的赞颂	
忆	115
吊玮德	116
灵感	120
城楼上	122
深笑	124
风筝	125
别丢掉	126
雨后天	128
记忆	128
静院	129
无题	133
题剔空菩提叶	134
黄昏过泰山	135

昼梦	**136**
八月的忧愁	**138**
过杨柳	**139**
冥思	**140**
空想	**141**
你来了	**141**
"九一八"闲走	**143**
藤花前	**144**
旅途中	**145**
红叶里的信念	**146**
山中	**152**
静坐	**153**
十月独行	**154**
时间	**155**
古城春景	**155**

日子	156
前后	157
去春	158
除夕看花	159
春天田里漫步	160
孤岛	162
死是安慰	163
给秋天	164
人生	166
展缓	167
六点钟在下午	169
昆明即景	170
一串疯话	173
小诗（一）	173
小诗（二）	175

恶劣的心绪	175
写给我的大姊	177
一天	178
对残枝	179
对北门街园子	179
十一月的小村	180
忧郁	182
哭三弟恒 ——三十年空战阵亡	183
桥	186
我们的雄鸡	188
古城黄昏	189
诗 ——自然的赠与	191
破晓	192

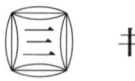 书 信

✹ LETTERS

致胡适	（1927年2月6日）	196
致胡适	（1927年3月15日）	198
致胡适	（1931年11月3日）	202
致胡适	（1931年11月）	203
致胡适	（1932年1月1日下午）	204
致胡适	（1932年1月1日晚上）	210
致胡适	（1932年春）	213
致胡适	（1932年6月14日）	216
致沈从文	（1933年11月中旬）	219
致沈从文	（1934年2月27日）	221
致沈从文	（1935年11月下旬）	226
致沈从文	（1937年10月）	227
致沈从文	（1937年11月9日至10日）	232
致沈从文	（1937年12月9日）	236

致沈从文 （1938年春）	239
致费慰梅 （1935年9月7日）	242
致费慰梅 （1935年10月）	245
致费慰梅、费正清 （1936年1月4日）	247
致费慰梅、费正清 （1936年1月29日）	251
致费慰梅 （1936年5月7日）	255
致费慰梅 （1937年11月24日）	264
致费慰梅、费正清 （1938年3月2日）	271
致费慰梅、费正清 （1939年4月14日）	276
致费慰梅、费正清 （1940年9月20日）	280
致费慰梅、费正清 （1940年11月）	292
致费慰梅、费正清 （1941年8月11日）	298
致费正清 （1943年6月18日）	303
致费正清 （1946年1月）	307

致费慰梅	（1946年2月28日）	310
致费慰梅	（1947年10月4日）	319
致费慰梅	（1947年11月10日）	324
致费慰梅、费正清	（1948年11月8日至12月8日）	328
致梁思庄	（1936年夏）	337
致朱光潜	（1937年）	339
致梁再冰	（1937年7月）	340
致梁再冰	（1941年6月）	344
致傅斯年	（1942年10月5日）	345
致金岳霖	（1943年11月下旬）	347
致张兆和	（1949年1月30日）	349
致梁思成	（1953年3月12日）	353
致梁思成	（1953年3月17日）	355
致《大公报·小公园》副刊编辑	（1935年7月下旬）	358
致《中国建筑彩画图案》编者	（1934年）	359

散文

ESSAYS

希望不因《软体动物》的公演引出硬体的笔墨官司

初刊于 1931 年 8 月 23 日北平《晨报副刊》，署名林徽音[1]。

八月二日在这刊上，我根据两位小剧院的设计人，关于《软体动物》的"设计"和"幕后"提到的几点困难，不避嫌疑的[2]用技术眼光，讨论起来。公平说，天是这样的热，小剧院这次的公演的成绩又是打破记录的成功，委实不该再"求全责备"有像我那样煞风景的讨论！看到本月九日陈治策先生标题答复我的文字，我怔了，生怕又因此引出真正硬体的笔墨官司，来增加剧界的烦恼，更增加我个人的罪过。

好在陈先生标题虽然有"答复"字样，来得怕人，其实对

1　林徽因初名"徽音"，后因与诗人林微音姓名相似而被迫改名。
2　在作者所处年代，一些字词的用法尚无统一规范，存在与如今语言文字规范不符的情况，本书编辑时除明显错讹外，对这类字词未作改动，请读者勿怪。

于我提到诸点，并没有技术上的驳难，也没有准确的答复，只有表示承认和同意，所以现在可不必再提了。他另有几个责问，现在我回答他：

（一）"干吗不牺牲一晚的工夫看一看他们的公演"？

答：因为鄙人是卧病在西山四个来月的一个真正的"软体动物"，没有随便起来的自由，更提不到进城看戏（虽曾提议却被阻止了），这是个人没有眼福，并不是不肯"牺牲一晚的工夫"（不幸今天报上又误载鄙夫妇参与跳舞盛会的新闻，就此声明省得犯诳言欺人之罪）。

（二）"两次幕后生活""只是一种趣话""引人入胜""可否作为批评依据"？

答：我认为根据设计人员自己说的"设计"和"幕后"来讨论他们的设计和幕后问题是再对没有了。尤其是我所提出讨论的并没有与事实有不符之处，更没有引用别人"口传"关于他们布景的毛病，或是臆造他们公演时，布景上种种的弊病，只是对于他们幕后组织和设计态度上发了疑问。陈先生的"幕后"虽全是些趣话却也呈露出内容真相不少，所以我这不知趣的人也就因此求全责备了的讨论起来。

（三）"你忽略了'完成了化装排演'这些字了"，又"有些误会"，又"化装排演和正式公演常有天渊的不同呢"。

答：我并未误会他们任何一桩事，（陈先生亦未说明误会了些什么）我现在更要郑重声明我并未将他们化装排演误会作正式公演，不止如此，他们正式公演的情景，我知道得很详细，我所以不引用别人报告传说的缘故，就是要公平，要慎重，不敢"根据别人口头传说"。至于化装排演和公演并不该有"天渊之别"是浅而易见的：排演的目的是练习次日公演时所有各方面的布景，试验各种布景之有无弊病以备次日改良的。化装排演太乱，道具与次日公演时用的不太相同，则这化装排演基本功用和意义已失去不少，次日公演的成绩必会受其影响的。

（四）"那篇文章如果是看了之后写的，你一定会批评得对喽"。

答：前篇文章是根据他们设计人的文章写的，差不多全是讨论，无所谓批评。讨论诸点如 1. 布景不该因为有困难而"处处将就"。2. "借"在布景艺术里是常情，不应将这困难看过重了。3. 因为他们本来要白单子而又换了毛毡（深色的）使我对于他们色彩设计怀疑，疑心他们对于色彩调和问题并未顾到；疑心他们对于色彩问题，根本不讲究；疑心他们不理会到寻常白色在台上之不相宜。4. 如窗子玻璃等小技巧，他们未曾实验些较妥方法，似乎不算卖尽力气的认真。

这些问题我希望都没有议论错了。陈先生对第二点已完全同意，别的却也未指出我不"对"的地方。

（五）"公平的批评""成功不成功"问题。

答：我没看到公演，所以我文里第一段即将我的立足点表明了。我说"读到文章……所得印象"……等等。即对于布景也是因为没有看到公演，所以没有胡乱批评一句话。我是根据看过的人不满意的意思（并且公开发表出来的），再根据当事人所述的幕后的确实情形，用技术原则，探讨其所以不满人意的原由。在事前我虽详细的问过八九个对新剧有见识的朋友，他们那一晚对于布景的印象和意见（失望或是满意），我却没有引用这"口头传说"，为的是谨慎，公平。现在陈先生既要"看过那戏的人"公平批评，我只得老实说，他们多人没有称扬只有不满这次布景，是个不能否认的事实。也因此我有"成绩上有失败点"的话（注意点字），这并不是说他们这次公演不算一个总成功。请别"误会"。

其实演新剧最招物议的常常是布景，而新剧的布景也实在不容易讨好。被评论本不算什么一回事，布景人宜早预备下卖力气不怕批评的勇气才好。再说，一新剧本来最负责的人（也就是最易受评论的人）是导演人，这次各方面文章里"导演"两字竟没有人提到，更不说有人评论，这个到底是导演人之幸与不幸还是问题。我承认这次布景上文字，本来只是设计人自己的几句"趣语",不巧遇着我这样不知趣的人过于认真写了一大篇。俗语说"冤家怕是同行"！不过每件学问的促进常是靠着"同行"的争论的,希望两位设计人特别大量谅解和优容。

(六)关于时间欠从容问题。

严格说,时间是在设计人的预算之内,根本就该从容的,除非有不得已的情形和意外。协和礼堂不能早借,这情形的困苦,我是知道的,并且表十三分的同情。区署不准演的确是意外,如果已办妥应办手续。天下雨却不在例内,"道具"不早借而要等"最后一晚"也未免奇怪。陈先生提到如何大雨不能骑车,折回等情,是否足够做布景不能如愿的阻碍,好像和我上次设下的比喻"起晚了没有买到钉子"相类的不能成立。

末了,天实在是太热,人也很病,我诚意的希望这回不成了笔墨官司,互相答复下去。我的"软体动物"期限一满,不难即和小剧院同人握手的。看守人迫我声明,这是最末次的笔答,不然这官司怕要真打到协和医院的病房里去。

中国的皇城建筑

> 本文为1931年11月19日林徽因在协和小礼堂的演讲,题目为编者所拟。

女士们,先生们!建筑是全世界的语言,当你踏上一块陌生的国土的时候,也许首先和你对话的,是这块土地上的建筑。它会以一个民族所特有的风格,向你讲述这个民族的历史,讲述这个国家所特有的美的精神,它比写在史书上的形象更真实,更具有文化内涵,带着爱的情感,走进你的心灵。漫长的人类文明历程,多少悲壮的历史情景,梦幻一般远逝,而在自然与社会的时空演变中,建筑文化却顽强的挽住了历史的精神气质和意蕴,它那统一的空间组合,比例尺度,色彩和质感的美的形态,透视出时代,社会,国家和民族的政治,哲学,宗教,伦理,民俗等意识形态的内涵。我们不妨先看北平的宫室建筑。

一　散　文

北平城几乎完全是根据《周书》《考工记》中"匠人营国，方九里，旁三门，国中九经九纬，经途九轨，左祖右社，面朝后市"的规划思想建设起来的。北平城从地图上看，是个整齐的"凸"字形，紫禁城是它的中心。除了城墙的西北角略退进一个小角外，全城布局基本是左右对称的。它自北而南，存在着纵贯全城的中轴线。北起钟鼓楼，过景山，穿神武门直达紫禁城的中心三大殿。然后出午门，天安门，正阳门直至永定门，全长8000米。这种全城布局上的整体感和稳定感，引起了西方建筑家和学者的无限赞叹，称之为世界奇观之一。

中国的封建社会，与西方有着明显的不同。中国的封建概念，基本上是中央集权，分层次的完整统一着。在这样的封建社会结构中，它的社会特征必然在文化上反映出来，其一是以"礼"立纲，建立封建统一的秩序，这是文化上的伦理性；其二是以"雄健"为艺术特征，反映出封建大国的风度，试想诸位先生女士站在故宫的午门前，会有什么感受呢？也许是咄咄逼人的崇高吧！从惊惧到惊叹，再到崇高，这是宫殿建筑形象的感受心理。

"左祖右社"是对皇宫而言，"左祖"指的是左边的太庙，"右社"指的是右边的社稷坛。"旁三门"是指东，西，北面各两座城门。日坛和月坛分列在城东和城西，南面是天坛，北面是地坛。"九经九纬"是指城内南北向与东西向各有九条主要街道。

而南北的主要街道同时能并列九辆车马即"经途九轨"，北京的街道原来是宽的，清末以来逐渐被民房侵占，越来越窄了。所以你可以想象当年马可·波罗到了北平，就跟乡巴佬进城一样吓懵了，欧洲人哪里见过这么伟大气魄的城市！

吸引了马可·波罗的是中国建筑中所表现出的人和天地自然无比亲近的关系。中国传统的建筑群体，显示了明晰的理性精神，最能反映这一点的，莫过于方，正，组，圆的建筑形态。

方，就是刚才我讲过的方九里，旁三门的方形城市，以及方形建筑，方形布局；正，是整齐，有序，中轴，对称；组，是有简单的个体，沿水平方向，铺展出复杂丰富的群体；圆，则代表天体，宇宙，日月星辰如天坛，地坛，日坛，月坛。不过中国的建筑艺术又始终贯彻着人为万物之灵的人本意识，追求人间现实的生活理想和艺术情趣，正是中国的建筑所创造的"天人合一"，及"我以天地为栋宇"的融合境界，感动了马可·波罗。"面朝后市"也是对皇宫而言，皇宫前面是朝廷的行政机构，所以皇帝面对朝廷。"市"是指商业区，封建社会轻视工商业，因此商业区放在皇宫的后面。现在的王府井大街，是民国以后才繁荣起来的。过去地安门大街，鼓楼大街是北平为贵族服务的最繁华的商业区。前门外的商业区原来是在北平城的西南，元朝的大都建在今天北平城的位置，当然与金旧都有联系。

这种左祖右社，面朝后市的棋盘式格局，城市总体构图整齐划一，而中南海，景山，北海这三组自然环境的嵌入，又活跃了城市气氛，增添了城市景观的生动感，这是运用规划美和自然美的结合，取得多样统一，正如古罗马角斗场的墙壁，随着椭圆形平等轨迹，而连续延伸，建筑的圆形体，显得完整而统一，但正面效果上，因为各开间采用券柱式构图，形成了直线与弧线，水平与垂直，虚面与实面的强烈对比，这是运用几何手段，求得建筑美的多样统一。但这种美不是形象的，而是结构的。它的艺术魅力因顿悟而产生，其结果却是伦理的，这也是中国古代文化和艺术中的一个重要特征。

先生们，女士们！今天我们讲了中国的皇城建筑，在下一个讲座里，我要讲的是中国的宗教建筑，在此之前，我想给诸位读一首我的朋友写的诗：《常州天宁寺闻礼忏声》，这首诗所反映的宗教情感与宗教建筑的美是浑然天成的：

我听着了天宁寺的礼忏声！

这是哪里来的神明？人间再没有这样的境界！

这鼓一声，钟一声，磬一声，木鱼一声，佛号一声……

乐音在大殿里，迂缓的，漫长的回荡着，无数冲突的波流谐和了，无数相反的色彩净化了，无数现世的高低消灭了……

这一声佛号，一声钟，一声鼓，一声木鱼，一声磬，谐音盘礴在宇宙间

——解开一小颗时间的埃尘，收束了无量数世纪的因果；

这是哪里来的大和谐

——星海里的光彩，大千世界的音籁，真生命的洪流：

止息了一切的动，一切的扰攘；

在天地的尽头，在金漆的殿椽间，在佛像的眉宇间，在我的衣袖里，在耳鬓边，在感官里，在心灵里，在梦里……在梦里，这一瞥间的显示，青天，白水，绿草，慈母温软的胸怀，是故乡吗？是故乡吗？

光明的翅羽，在无极中飞舞！

大圆觉底里流出的欢喜，在伟大的，庄严的，寂灭的，无疆的，和谐的静定中

实现了！

颂美呀，涅盘，赞美呀，涅盘！

悼志摩

初刊于1931年12月7日《北平晨报》第9版「北晨学园」副刊「哀悼志摩专号」，署名林徽音。

十一月十九日我们的好朋友，许多人都爱戴的新诗人，徐志摩突兀的，不可信的，惨酷的，在飞机上遇险而死去。这消息在二十日的早上像一根针刺猛触到许多朋友的心上，顿使那一早的天墨一般的昏黑，哀恸的咽哽锁住每一个人的嗓子。

志摩……死……谁曾将这两个句子联在一处想过！他是那样活泼的一个人，那样刚刚站在壮年的顶峰上的一个人。朋友们常常惊讶他的活动，他那像小孩般的精神和认真，谁又会想到他死？

突然的，他闯出我们这共同的世界，沉入永远的静寂，不给我们一点预告，一点准备，或是一个最后希望的余地。这种几乎近于忍心的决绝，那一天不知震麻了多少朋友的心？现在那不能否认的事实，仍然无情的挡住我们前面。任凭我们多苦楚的哀悼他的惨死，多迫切的希冀能够仍然接触到他原来的音容，事实是不会为体贴我们这悲念而有些须更改；而他也再不会为不忍我们这伤悼而有些须活动的可能！这难堪的永远静寂和消沉便是死的最残酷处。

我们不迷信的，没有宗教的望着这死的帏幕，更是丝毫没有把握。张开口我们不会呼吁，闭上眼不会入梦，徘徊在理智和情感的边沿，我们不能预期后会，对这死，我们只是永远发怔，吞咽枯涩的泪，待时间来剥削这哀恸的尖锐，痂结我们每次悲悼的创伤。那一天下午初得到消息的许多朋友不是全跑到胡适之先生家里么？但是除却拭泪相对，默然围坐外，谁也没有主意，谁也不知有什么话说，对这死！

谁也没有主意，谁也没有话说！事实不容我们安插任何的希望，情感不容我们不伤悼这突兀的不幸，理智又不容我们有超自然的幻想！默然相对，默然围坐……而志摩则仍是死去没有回头，没有音讯，永远的不会回头，永远的不会再有音讯。

我们中间没有绝对信命运之说的，但是对着这不测的人生，谁不感到惊异，对着那许多事实的痕迹又如何不感到人力的脆弱，智慧的有限。世事尽有定数？世事尽是偶然？对这永远的疑问我们什么时候能有完全的把握？

在我们前边展开的只是一堆坚质的事实：

"是的，他十九晨有电报来给我……

"十九早晨，是的！说下午三点准到南苑，派车接……

"电报是九时从南京飞机场发出的……

"刚是他开始飞行以后所发……

"派车接去了，等到四点半……说飞机没有到……

"没有到……航空公司说济南有雾……很大……"只是一个钟头的差别；下午三时到南苑，济南有雾！谁相信就是这一个钟头中便可以有这么不同事实的发生，志摩，我的朋友！

他离平的前一晚我仍见到，那时候他还不知道他次晨南旅的，飞机改期过三次，他曾说如果再改下去，他便不走了的。我和他同由一个茶会出来，在总布胡同口分手。在这茶会里我们请的是为太平洋会议来的一个柏雷博士，因为他是志摩生平最爱慕的女作家曼殊斐儿[3]的姊丈，志摩十分的殷勤：希望可以再从柏雷口中得些关于曼殊斐儿早年的影子，只因限于时间，我们茶后匆匆的便散了。晚上我有约会出去了，回来时很晚，听差说他又来过，适遇我们夫妇刚走，他自己坐了一会儿，喝了一壶茶，在桌上写了些字便走了。我到桌上一看：——

"定明早六时飞行，此去存亡不卜……"我怔住了，心中

3　曼殊斐儿（Manthfield），今译曼斯菲尔德，英国作家。

一阵不痛快,却忙给他一个电话。

"你放心,"他说,"很稳当的,我还要留着生命看更伟大的事迹呢,那能便死?……"

话虽是这样说,他却是已经死了整两周了!

凡是志摩的朋友,我相信全懂得,死去他这样一个朋友是怎么一回事!

现在这事实一天比一天更结实,更固定,更不容否认。志摩是死了,这个简单惨酷的实际早又添上时间的色彩,一周,两周,一直的增长下去……

我不该在这里语无伦次的尽管呻吟我们做朋友的悲哀情绪。归根说,读者抱着我们文字看,也就是像志摩的请柏雷一样,要从我们口里再听到关于志摩的一些事。这个我明白,只怕我不能使你们满意,因为关于他的事,动听的,使青年人知道这里有个不可多得的人格存在的,实在太多,决不是几千字可以表达得完。谁也得承认像他这样的一个人世间便不轻易有几个的,无论在中国或是外国。

我认得他,今年整十年,那时候他在伦敦经济学院,尚未去康桥。我初次遇到他,也就是他初次认识到影响他迁学的遴更生[4]先生。不用说他和我父亲最谈得来,虽然他们年岁上差别

---

4 遴更生(G. L. Dickinson, 1862—1932),英国政治家、哲学家。

不算少，一见面之后便互相引为知己。他到康桥之后由逖更生介绍进了皇家学院，当时和他同学的有我姊丈温君源宁。一直到最近两月中源宁还常在说他当时的许多笑话，虽然说是笑话，那也是他对志摩最早的一个惊异的印象。志摩认真的诗情，绝不含有丝毫矫伪，他那种痴，那种孩子似的天真实能令人惊讶。源宁说，有一天他在校舍里读书，外边下了倾盆大雨——惟是英伦那样的岛国才有的狂雨——忽然他听到有人猛敲他的房门，外边跳进一个被雨水淋得全湿的客人。不用说他便是志摩，一进门一把扯着源宁向外跑，说快来我们到桥上去等着。这一来把源宁怔住了，他问志摩等什么在这大雨里。志摩睁大了眼睛，孩子似的高兴的说"看雨后的虹去"。源宁不止说他不去，并且劝志摩趁早将湿透的衣服换下，再穿上雨衣出去，英国的湿气岂是儿戏。志摩不等他说完，一溜烟的自己跑了！

以后我好奇的曾问过志摩这故事的真确，他笑着点头承认这全段故事的真实。我问：那么下文呢，你立在桥上等了多久，并且看到虹了没有？他说记不清，但是他居然看到了虹。我诧异的打断他对那虹的描写，问他怎么他便知道，准会有虹的。他得意的笑答我说："完全诗意的信仰！"

"完全诗意的信仰"，我可要在这里哭了！也就是为这"诗意的信仰"他硬要借航空的方便达到他"想飞"的宿愿！"飞机是很稳当的,"他说,"如果要出事那是我的运命!"他真对运命这样完全诗意的信仰!

志摩我的朋友,死本来也不过是一个新的旅程,我们没有到过的,不免过分的怀疑,死不定就比这生苦,"我们不能轻易断定那一边没有阳光与人情的温慰",但是我前边说过最难堪的是这永远的静寂。我们生在这没有宗教的时代,对这死实在太没有把握了。这以后许多思念你的日子,怕要全是昏暗的苦楚,不会有一点点光明,除非我也有你那美丽的诗意的信仰!

我个人的悲绪不竟又来扰乱我对他生前许多清晰的回忆,朋友们原谅。

诗人的志摩用不着我来多说,他那许多诗文便是估价他的天平。我们新诗的历史才是这样的短,恐怕他的判断人尚在我们儿孙辈的中间。我要谈的是诗人之外的志摩。人家说志摩的为人只是不经意的浪漫,志摩的诗全是抒情诗,这断语从不认识他的人听来可以说很公平,从他朋友们看来实在是对不起他。志摩是个很古怪的人,浪漫固然,但他人格里最精华的却是他对人的同情,和蔼,和优容;没有一个人他对他不和蔼,没有一种人,他不能优容,没有一种的情感,他绝对的不能表同情。我不说了解,因为不是许多人爱说志摩最不解人情么?我说他的特点也就在这上头。

我们寻常人就爱说了解；能了解的我们便同情，不了解的我们便很落漠乃至于酷刻。表同情于我们能了解的，我们以为很适当；不表同情于我们不能了解的，我们也认为很公平。志摩则不然，了解与不了解，他并没有过分的夸张，他只知道温存，和平，体贴，只要他知道有情感的存在，无论出自何人，在何等情况之下，他理智上认为适当与否，他全能表几分同情，他真能体会原谅他人与他自己不相同处。从不会刻薄的单支出严格的迫仄的道德的天平指摘凡是与他不同的人。他这样的温和，这样的优容，真能使许多人惭愧，我可以忠实的说，至少他要比我们多数的人伟大许多；他觉得人类各种的情感动作全有它不同的，价值放大了的人类的眼光，同情是不该只限于我们划定的范围内。他是对的，朋友们，归根说，我们能够懂得几个人，了解几桩事，几种情感？那一桩事，那一个人没有多面的看法！为此说来志摩朋友之多，不是个可怪的事；凡是认得他的人不论深浅对他全有特殊的感情，也是极自然的结果。而反过来看他自己在他一生的过程中却是很少得着同情的。不止如是，他还曾为他的一点理想的愚诚几次几乎不见容于社会。但是他却未曾为这个而鄙吝他给他人的同情心，他的性情，不曾为受了刺激而转变刻薄暴戾过，谁能不承认他几有超人的宽量。

志摩的最动人的特点，是他那不可信的纯净的天真，对他的理想的愚诚，对艺术欣赏的认真，体会情感的切实，全是难能可贵到极点。他站在雨中等虹，他甘冒社会的大不韪争他的恋爱自由；他坐曲折的火车到乡间去拜哈代，他抛弃博士一类的引诱卷了书包到英国，只为要拜罗素做老师，他为了一种特异的境遇，一时特异的感动，从此在生命途中冒险，从此抛弃所有的旧业，只是尝试写几行新诗——这几年新诗尝试的运命并不太令人踊跃，冷嘲热骂只是家常便饭——他常能走几里路去采几茎花，费许多周折去看一个朋友说两句话；这些，还有许多，都不是我们寻常能够轻易了解的神秘。我说神秘，其实竟许是傻，是痴！事实上他只是比我们认真，虔诚到傻气，到痴！他愉快起来他的快乐的翅膀可以碰得到天，他忧伤起来，他的悲戚是深得没有底。寻常评价的衡量在他手里失了效用，利害轻重他自有他的看法，纯是艺术的情感的脱离寻常的原则，所以往常人常听到朋友们说到他总爱带着嗟叹的口吻说："那是志摩，你又有什么法子！"他真的是个怪人么？朋友们，不，一点都不是，他只是比我们近情，近理，比我们热诚，比我们天真，比我们对万物都更有信仰，对神，对人，对灵，对自然，对艺术！

朋友们，我们失掉的不止是一个朋友，一个诗人，我们丢掉的是个极难得可爱的人格。

至于他的作品全是抒情的么？他的兴趣只限于情感么？更是不对。志摩的兴趣是极广泛的。就有几件，说起来，不认得他的人便要奇怪。他早年很爱数学，他始终极喜欢天文，他对天上星宿的名字和部位就认得很多，最喜暑夜观星，好几次他坐火车都是带着关于宇宙的科学的书。他曾经译过爱因斯坦的相对论，并且在一九二二年便写过一篇关于相对论的东西登在《民铎》杂志上。他常向思成说笑："任公[5]先生的相对论的知识还是从我徐君志摩大作上得来的呢，因为他说他看过许多关于爱因斯坦的哲学都未曾看懂，看到志摩的那篇才懂了。"今夏我在香山养病，他常来闲谈，有一天谈到他幼年上学的经过和美国克莱克大学两年学经济学的景况，我们不禁对笑了半天，后来他在他的《猛虎集》的"序"里也说了那么一段。可是奇怪的！他不像许多天才，幼年里上学，不是不及格，便是被斥退，他是常得优等的，听说有一次康乃尔暑校里一个极严的经济教授还写了信去克莱克大学教授那里恭维他的学生，关于一门很难的功课。我不是为志摩在这里夸张，因为事实上只有为了这桩事，今夏志摩自己便笑得不亦乐乎！

此外他的兴趣对于戏剧绘画都极深浓，戏剧不用说，与诗

5　任公，指梁启超。

文是那么接近，他领略绘画的天才也颇可观，后期印象派的几个画家，他都有极精密的爱恶，对于文艺复兴时代那几位，他也很熟悉，他最爱鲍提且利[6]和达文骞[7]。自然他也常承认文人喜画常是间接的受了别人论文的影响，他的，就受了法兰[8]（Roger Fry）和斐德[9]（Walter Pater）的不少。对于建筑审美他常常对思成和我道歉说："太对不起，我的建筑常识全是Ruskins[10]那一套。"他知道我们是最讨厌Ruskins的。但是为看一个古建的残址，一块石刻，他比任何人都热心，都更能静心领略。

他喜欢色彩，虽然他自己不会作画，暑假里他曾从杭州给我几封信，他自己叫它们做"描写的水彩画"，他用英文极细致的写出西（边？）桑田的颜色，每一分嫩绿，每一色鹅黄，他都仔细的观察到。又有一次他望着我园里一带断墙半晌不语，过后他告诉我说，他正在默默体会，想要描写那墙上向晚的艳阳和刚刚入秋的藤萝。

对于音乐，中西的他都爱好，不止爱好，他那种热心便唤醒过北平一次——也许唯一的一次——对音乐的注意。谁也忘

---

6 鲍提且利（Botticelli），今译波提切利，意大利文艺复兴初期的画家。
7 达文骞，即意大利文艺复兴时期的画家、发明家达·芬奇。
8 法兰，今译弗莱，英国艺术史家、美学家。
9 斐德，今译佩特，英国文艺批评家、作家。
10 Ruskins，指英国艺术家约翰·拉斯金（John Ruskin）。

不了那一年,客拉司拉[11]到北平在"真光"[12]拉一个多钟头的提琴。对旧剧他也得算"在行",他最后在北平那几天我们曾接连的同去听好几出戏,回家时我们讨论的热闹,比任何剧评都诚恳都起劲。

谁相信这样的一个人,这样忠实于"生"的一个人,会这样早的永远的离开我们另投一个世界,永远地静寂下去,不再透些须声息!

我不敢再往下写,志摩若是有灵听到比他年轻许多的一个小朋友拿着老声老气的语调谈到他的为人不觉得不快么?这里我又来个极难堪的回忆,那一年他在这同一个的报纸上写了那篇伤我父亲惨故的文章[13],这梦幻似的人生转了几个弯,曾几何时,却轮到我在这风紧夜深里握笔吊他的惨变。这是什么人生?什么风涛?什么道路?志摩,你这最后的解脱未始不是幸福,不是聪明,我该当羡慕你才是。

---

11 客拉司拉(Kreisler),今译克莱斯勒,美籍奥地利裔小提琴家、作曲家。
12 "真光",指位于北平东安门大街的真光电影院。
13 指徐志摩1926年2月所作的《伤双栝老人》一文。

附：1931年7月7日徐志摩致林徽因的信及附诗

徽音：

我愁望着云泞的天和泥泞的地，直担心你们上山[14]一路平安。到山上大家都安好否？我在记念。

我回家累得直挺在床上，像死人——也不知那来的累。适之在午饭时说笑话，我照例照规矩把笑放上嘴边，但那笑仿佛离嘴有半尺来远，脸上的皮肉像是经过风腊，再不能活动！

下午忽然诗兴发作，不断的抽着烟，茶倒空了两壶，在两小时内，居然诌得了一首[15]。哲学家[16]上来看见，端详了十多分钟；然后正色的说："It is one of your very best.[17]"但哲学家关于美术作品只往往挑错的东西来夸，因而，我还不敢自信，现在抄了去请教女诗人，敬求指正！

雨下得凶，电话电灯全断。我讨得半根蜡，匍伏在桌上胡乱写。上次扭筋的脚有些生痛。一躺平眼睛发跳，全身的脉搏都似乎分明的觉得。再有两天如此，一定病倒——但希望天可

---

14 指香山。1931年夏，林徽因全家曾到香山静宜园双清小住。
15 徐志摩随此信附上的一首诗《你去》。
16 指金岳霖。
17 此句意为：这是你最好的诗之一。

以放晴。

思成恐怕也有些着凉，我保荐喝一大碗姜糖汤，妙药也！宝宝老太[18]都还高兴否？我还牵记你家矮墙[19]上的艳阳。此去归来时难说定，敬祝

山中人"神仙生活"，快乐康强！

脚疼人

洋郎牵（洋）牛渡（洋）河夜

18　宝宝指林徽因的女儿梁再冰，老太指林徽因的母亲。
19　指林徽因双清住处的围墙。

你去

徐志摩

你去，我也走，我们在此分手；
你上那一条大路，你放心走，
你看那街灯一直亮到天边，
你只消跟从这光明的直线！
你先走，我站在此地望着你：
放轻些脚步，别教灰土扬起，
我要认清你远去的身影，
直到距离使我认你不分明。
再不然，我就叫响你的名字，
不断的提醒你，有我在这里，
为消解荒街与深晚的荒凉，
目送你归去……

　　　　不，我自有主张，
你不必为我忧虑；你走大路，
我进这条小巷。你看那株树，

高抵着天，我走到那边转弯，
再过去是一片荒野的凌乱：
有深潭，有浅洼，半亮着止水，
在夜芒中像是纷披的眼泪；
有乱石，有钩刺胫踝的蔓草，
在守候过路人疏神时绊倒！
但你不必焦心，我有的是胆，
凶险的途程不能使我心寒。
等你走远，我就大步的向前，
这荒野有的是夜露的清鲜；
也不愁愁云深裹，但求风动，
云海里便波涌星斗的流汞；
更何况永远照彻我的心底；
有那颗不夜的明珠，我爱——你！

惟其是脆嫩

初刊于1933年9月23日《大公报·文艺副刊》第1期,署名徽音。

活在这非常富于刺激性的年头里,我敢喘一口气说,我相信一定有多数人成天里为观察听闻到的,牵动了神经,从跳动而有血裹着的心底下累积起各种的情感,直冲出嗓子,逼成了语言到舌头上来。这自然丰富的累积,有时更会倾溢出少数人的唇舌,再奔进到笔尖上,另具形式变成在白纸上驰骋的文字。这种文字便全是我们这个时代的出产,大家该千万珍视它!

现在,无论在那里,假如有一个或多种的机会,我们能把许多这种自然触发出来的文字,交出给同时代的大众见面,因而或能激动起更多方面,更复杂的情感,和由这情感而形成更多方式的文字;一直造成了一大片丰富而且有力的创作的田壤,森林,江山……产生结结实实的我们这个时代特有的表情和文章；我们该不该诚恳的注意到这机会或能造出的事业，各人将各人的一点点心血献出来尝试？

假使，这里又有了机会联聚起许多人，为要介绍许多方面的文字，更连而研讨文章的质的方面；或指出已往文章的历程，或讲究到各种文章上比较的问题，进而无形的讲究到程度和标准等问题，我又敢相信，在这种景况下定会发生更严重鼓励写作的主动力。使创作界增加问题，或许。惟其是增加了问题，才助益到创作界的活泼和健康。文艺决不是蓬勃丛生的野草。

我们可否直爽的承认一桩事？创作的鼓动时常要靠着刊物把它的成绩布散出去吹风，晒太阳，和时代的读者把晤的。被风吹冷了，太阳晒萎了，固常有的事。被读者所欢迎，所冷淡，或误会，或同情，归根应该都是激励创造力的药剂！至于，一来就高举趾，二来就气馁的作者，每个时代都免不了有他们起落踪迹。这个与创作界主体的展动只成枝节问题。那一个创作兴旺的时代缺得了介绍散布作品的刊物，同那或能同情，或不了解的读众？

创作品是不能不与时代见面的，虽然作者的名姓，则并不一定。伟大作品没有和本时代见面，而被他时代发现珍视的固然有，但也只是偶然例外的事。希腊悲剧是在几万人前面唱演的，莎士比亚的戏更是街头巷尾的粗人都看得到的。到有刊物时代的欧洲,更不用说,一首诗文出来人人争买着看,就是中国在印刷艰难的时候,也是什么"传诵一时";什么"人手一抄"等……

创作的主力固在心底,但逼迫着这只有时间性的情绪语言而留它在空间里的,却常是刊物这一类的鼓励和努力所促成。

现走遍人间是能刺激起创作的主力。尤其在中国,这种日子,那一副眼睛看到了些什么,舌头底下不立刻紧急的想说话,乃至于歌泣!如果创作界仍然有点消沉寂寞的话——努力的少,尝试的稀罕——那或是有别的缘故而使然。我们问:能鼓励创作界的活跃性的是些什么?刊物是否可以救济这消沉的?努力过刊物的诞生的人们,一定知道刊物又时常会因为别的复杂原因而夭折的。它常是极脆嫩的孩儿……那么有创作冲动的笔锋,努力于刊物的手臂,此刻何不联在一起,再来一次合作,逼着创造界又挺出一个新鲜的萌芽!管它将来能不能成田壤,成森林,成江山,一个萌芽是一个萌芽。脆嫩?惟其是脆嫩,我们大家才更要来爱护它。

这时代是我们特有的,结果我们单有情感而没有表现这情绪的艺术,眼看着后代人笑我们是黑暗时代的哑子,没有艺术,没有文章,乃至于怀疑到我们有不有情感!

回头再看到祖宗传流下那神气的衣钵,怎不觉得惭愧!说世乱，杜老头子过的是什么日子！辛稼轩当日的愤慨当使我们同情！……何必诉，诉不完。难道现在我们这时代没有形形色色的人物，喜剧悲剧般的人生作题？难道我们现时没有美丽，没有风雅，没有丑陋，恐慌，没有感慨，没有希望？！难道连经这些天灾战祸，我们都不会描述，身受这许多刺骨的辱痛，我们都不会愤慨高歌迸出一缕滚沸的血流？！

难道我们真麻木了不成？难道我们这时代的语辞真贫穷得不能达意？难道我们这时代真没有学问真没有文章？！朋友们努力挺出一根活的萌芽来，记着这个时代是我们的。

第一幕

初刊于1934年5月26日《华北日报·剧艺周刊》,署名林徽音。

我想像到编剧时,一个作者对他的"第一幕"是怎样个态度,我总替作者难为情。好像一个母亲请客以前,在一堆孩子中间,对她的大女儿带着央求的口气说:"你是大姊姊呢,你总得让一点,你还得替妈妈多帮点忙才是好孩子!"于是大姊姊脸红着,知道做大姊姊真是做大姊姊,你一点不能含糊,你自己的自尊心和骄傲就不容你。

于是一样是一幕,第一幕的肩膀上却多背上许多严重的责任,累得一身汗却不能令人知道你在忙些什么,回头好让弟弟妹妹干干净净,脸圆圆的,眼珠发着亮,还许带着顽皮相,一个接着一个出来,使人看了欢喜。

作者捧着一堆宝贵的材料,和第一幕商量:你看这一堆人物事实，我要告诉这全世界这些这些话，我要他们每个都听到，我还要他们都感到这些这些问题，这些这些人生的症结，花样，我要他们同我一样感触，疑虑，悲苦，快畅……你替我想想我该从那里开始。

你看，作者手指着幻想中的千万观众给第一幕看，这许多人老远的跑到这里来，老老实实地化了钱买了票，挤在人群中坐着等你，等你把我这一堆宝贵的材料好好的展览出来。你得知道我们时间真不多，你得经济，敏捷，一样一样的不露痕迹的介绍起来——地点，时间，人物的背景，互相的关系，人物每个的本身！

说起人物，作者更郑重的对着第一幕非常认真的脸望，说起人物，这可又要麻烦你特别的加小心，这里要紧的是明晰，不是铺张，出场的每一个人观众都不认识，说话里所提到的每一个亲戚，朋友，闲人，也都不能糊里糊涂，令人摸不着头脑。并且中坚人物之外，所有合作的配角，人数形状职务也要你第一幕自己选择。记着处处要经济，这些人物在剧文中既不是均等的重要，你第一幕就得帮忙观众节省精力，不要滥废了不必需的注意力，集中他们的精神抓住剧情的枢纽，或是人物的性格，或是其动作，计划的或偶然的，或是一件主要物事。

说到这里问题又严重了，第一幕的工作自然是介绍，在短时间中，你得介绍出来许多关系人物，但是事实人物之中又都有轻重之处，你陈列出来一堆事一堆人，观众对他们既都是陌生的，你又如何使他们不茫然不知何去何从呢？

如果你慌慌张张，把所有主要角色事物都捧出来，挤在混乱中间，等观众慢慢去猜想，或会悟那几个是重要的，自动的由混乱中集中注意，别说时间不经济，多数的观众根本就嫌太吃力，懒得用心到那样程度。观众本来不是到剧场去绞尽脑浆猜想作者用意所在的！

因此介绍是绝对不能不有秩序，并且在介绍最主要的人物之前，一定需要相当的准备，一等介绍出来则观众不能不给他特种的注意。这准备是可以事半功倍的，所以值得研究。

那么能引起观众特别注意的到底是什么？对于这点，观众从来不曾骗过作者，他们说：老实告诉你，你要引不起我们的兴趣，你就别想我们给你注意，更别说什么同情。（一个人尽可以在台上自杀，捶胸痛哭，观众可以很不高兴想怎样去□车回家睡觉。）这句话很干脆，作者如果不太糊涂，他自然就得先逗起观众的兴趣———一种好奇心———就拿这逗起来的兴趣，作向导来引人入胜。所以一个剧的开始时，所引起的兴趣是大大的有责任的。它是前面打着的灯笼，一路上照着整个剧本的线索。佛来弟急着刚要去给他母亲雇车时和卖花女撞个满怀[20]；花篮掉在地上他也没有理的走了，剩下卖花女不断的埋怨，用她那可笑的乡伧语言。这里好处不止是引起观众的兴趣，要紧的是不着痕迹的介绍卖花女，和她的怪腔调的语言。等一会旁人再告诉卖花女，后面有个人在那里说她的每一句话，观众的注意便一直引到了剧情的最主要的关键上去。

如果第一幕只为着热闹，讨好于观众，无端的要逗起他们乐一回，那只是错引了他们的注意到岔道上去，等到观众忽然感觉到走岔了道儿，那时的恼羞成怒，一股怨气作兴全要派到作者的头上去的。

易卜生写他的《社会柱石》时，写信给人说，第一幕常是最难的一幕，这话不是无因的，经验教训了他，使他匆匆重写他的第一幕。他的《罗斯马庄》的初稿（"白马"）与后来发表的颇不相同。最大的分别也就在那迷信白马来临一节的提前，引起一个可怕的空气，加上牧师绕道不敢走那条板桥，因为"那桩事谁也不容易忘记"等等，令人不能不对那迷信好奇。

总而言之，第一幕最大的任务是介绍。不论其为背景人物，介绍的工作除明晰外，还要引导观众集中注意，不靡费精力。要观众集中注意的惟一方法则是引逗他们发生兴趣，在剧情的

---

20 萧伯纳的《卖花女》第一幕。——作者原注。

最有关键的地方。

那么一开头就得引逗兴趣，无疑的是个非同小可的工作。它所取的方式需要灵活或明显，要自然，不露痕迹，要来得早，来得干脆，别等到别人家咳嗽，摇着剧单，互相耳语表示不耐烦。并且这工作须彻底的懂得他本身的使命，不在无端的讨好观众，却是为其剧情关键作重要的准备——是集中的工作，不是枝节的点缀。

萧伯纳的《康第达》第一幕中一介绍完了声望极著的谟勒牧师之后，由牧师及其男女书记口中便引起观众对牧师爱妻康第达的非常浓挚的兴趣。等到康第达出场之后，观众的兴趣又立刻被引到青年佑瑾身上。佑瑾出场以后，观众立刻便又对着他们中间相互的关系发生兴趣，这互相的关系本来就是这剧情中的关键所在。

奥尼尔的《奇异的插曲》（*Strange Inter Iude*）第一幕所介绍的，最重要的便是妮娜的心理变态，观众的兴趣便被作者由一开头一间书房起，一步一步由查利的回想，而老父的苦痛，而妮娜自己的行动走上去，达到妮娜决定离家的一个大的"悬点"（Suspense）上，注意完全集中在妮娜的将来。

表现派中剧文简单到的"机器算盘"，它的第一幕也能极无痕迹的，把观众的兴趣引到那在场两个角色的生活上。在场上一共只有夫妇两人，丈夫躺在床上，老婆站着梳头，预备睡觉，嘴中单独的说出他们单调生活中所引起的，极委琐丑陋的简单思想，这里惟其是单调委琐到令人悲惨，所以才会令人对这躺在床上的人的生活发生同情，希奇他日间过得是怎样个日子！所以等到看到第二幕里，那单调的办公室中记账员生活，观众所有的怜悯心，便早已有了彻底的根据。

一本好剧的第一幕，都是有两个可贵的肩膀，上面能挺着许多艰难的工作的。每一个剧本如果要成功，是绝不能缺乏这么一个任劳任怨的大女儿的。作者在未动笔以前自是难为情的说："你是大姊姊呢，……"但是同时也毫不客气的，把许多责任加在这要撑面子的大女儿身上！

山西通信

初刊于1934年8月25日《大公报·文艺副刊》第96期,署名徽音。

××××:

居然到了山西,天是透明的蓝,白云更流动得使人可以忘记很多的事,单单在一点什么感情底下,打滴溜转;更不用说到那山山水水,小堡垒,村落,反映着夕阳的一角庙,一座塔!景物是美得到处使人心慌心痛。

我是没有出过门的,没有动身之前不容易动,走出来之后却就不知道如何流落才好。旬日来眼看去的都是图画,日子都是可以歌唱的古事。黑夜里在山场里看河南来到山西的匠人,围住一个大红炉子打铁,火花和铿锵的声响,散到四围黑影里去。微月中步行寻到田垄废庙,划一根"取灯"偷偷照看那瞭望观音的脸,一片平静,几百年来,没有动过感情的,在那一闪光

一 散文

底下，倒像挂上一缕笑意。

我们因为探访古迹走了许多路；在种种情形之下感慨到古今兴废。在草丛里读碑碣，在砖堆中间偶然碰到菩萨的一只手一个微笑，都是可以激动起一些不平常的感觉来的。乡村的各种浪漫的位置，秀丽天真；中间人物维持着老老实实的鲜艳颜色，老的扶着拐杖，小的赤着胸背，沿路上点缀的，尽是他们明亮的眼睛和笑脸。由北平城里来的我们，东看看，西走走，夕阳背在背上，真和掉在另一个世界里一样！云块，天，和我们之间似乎失掉了一切障碍。我乐时就高兴的笑，笑声一直散到对河对山，说不定那一个林子，那一个村落里去！我感觉到一种平坦，竟许是辽阔，和地面恰恰平行着舒展开来，感觉的最边沿的边沿，和大地的边沿，永远赛着向前伸……

我不会说，说起来也只是一片疯话人家不耐烦听。以我描写一些实际情形我又不大会，总而言之，远地里，一处田亩有人在工作，上面青的，黄的，紫的，分行的长着；每一处山坡上，有人在走路，放羊，迎着阳光，背着阳光，投射着转动的光影；每一个小城，前面站着城楼，旁边睡着小庙，那里又托出一座石塔，神和人，都服贴的，满足的，守着他们那一角天地，近地里，则更有的是热闹，一条街里站满了人，孩子头上梳着三个小辫子的，四个小辫子的，乃至于五六个小辫子的，衣服简单到只剩一个红兜肚，上面隐约也总有他嬷嬷挑的两三朵花！

娘娘庙前面树荫底下，你又能阻止谁来看热闹？教书先生出来了，军队里兵卒拉着马过来了，几个女人娇羞的手拉着手，也扭着来站在一边了，小孩子争着挤，看我们照相，拉皮尺量平面，教书先生帮忙我们拓碑文。说起来这个那个庙，都是年代可多了，什么时候盖的，谁也说不清了！说话之人来得太多，我们工作实在发生困难了，可是我们大家都顶高兴的，小孩子一边抱着饭碗吃饭，一边睁着大眼看，一点子也不松懈。

我们走时总是一村子的人来送的，儿媳妇指着说给老婆婆听，小孩们跑着还要跟上一段路。开栅镇，小相村，大相村，那一处不是一样的热闹，看到北齐天保三年造像碑，我们不小心的，漏出一个惊异的喊叫，他们乡里弯着背的，老点儿的人，就也露出一个得意的微笑，知道他们村里的宝贝，居然吓着这古怪的来客了。"年代多了吧，"他们骄傲的问。"多了多了，"我们高兴的回答，"差不多一千四百年了。""呀，一千四百年！"我们便一齐骄傲起来。

我们看看这里金元重修的，那里明季重修的殿宇，讨论那式样做法的特异处，塑像神气，手续，天就渐渐黑下来，嘴里觉到渴，肚里觉到饿，才记起一天的日子圆圆整整的就快结束了。回来躺在床上，绮丽鲜明的印象仍然挂在眼睛前边，引导着种种适意的梦，同时晚饭上所吃的菜蔬果子，便给养充实着，我们明天的精力，直到一大颗太阳，红红的照在我们的脸上。

窗子以外

初刊于1934年9月5日《大公报·文艺副刊》第99期,署名林徽音。

话从那里说起?等到你要说话,什么话都是那样渺茫的找不到个源头。

此刻,就在我眼帘底下坐着是四个乡下人的背影:一个头上包着黯黑的白布,两个褪色的蓝布,又一个光头。他们支起膝盖,半蹲半坐的,在溪沿的短墙上休息。每人手里一件简单的东西:一个是白木棒,一个篮子,那两个在树荫底下我看不清楚。无疑的他们已经走了许多路,再过一刻,抽完一筒旱烟以后,是还要走许多路的。兰花烟的香味频频随着微风,袭到我官觉上来,模糊中还有几段山西梆子的声调,虽然他们坐的地方是在我廊子的铁纱窗以外。

铁纱窗以外,话可不就在这里了。永远是窗子以外,不是铁纱窗就是玻璃窗，总而言之，窗子以外！

所有的活动的颜色声音，生的滋味，全在那里的，你并不是不能看到，只不过是永远的在你窗子以外罢了。多少百里的平原土地，多少区域的起伏的山峦，昨天由窗子外映进你的眼帘，那是多少生命日夜在活动着的所在；每一根青的什么麦黍，都有人流过汗；每一粒黄的什么米粟，都有人吃去；其间还有的是周折，是热闹，是紧张！可是你则并不一定能看见，因为那所有的周折，热闹，紧张，全都在你窗子以外展演着。

在家里罢，你坐在书房里，窗子以外的景物本就有限。那里两树马缨，几棵丁香；榆叶梅横出风雅的一大枝；海棠因为缺乏阳光，每年只开个两三朵——叶子上满是虫蚁吃的创痕，还卷着一点焦黄的边；廊子幽秀的开着扇子式，六边形的格子窗，透过外院的日光，外院的杂音。什么送煤的来了，偶然你看到一个两个被煤炭染成黔黑的脸；什么米送到了，一个人捐着一大口袋在背上，慢慢踱过屏门；还有自来水，电灯，电话公司来收账的，胸口斜挂着皮口袋，手里推着一辆自行车；更有时厨子来个朋友了，满脸的笑容，"好呀，好呀"的走进门房；什么赵妈的丈夫来拿钱了，那是每月一号一点都不差的，早来了你就听到两个人唧唧哝哝争吵的声浪。那里不是没有颜色，声音，生的一切活动，只是他们和你总隔个窗子——扇子式的，六边形的，纱的，玻璃的！

你气闷了把笔一搁说，这叫做什么生活！你站起来，穿上不能算太贵的鞋袜，但这双鞋和袜的价钱也就比——想它做什么，反正有人每月的工资，一定只有这价钱的一半乃至于更少。你出去雇洋车了，拉车的嘴里所讨的价钱当然是要比例价高得多，难道你就傻子似的答应下来？不，不，三十二子，拉就拉，不拉,拉倒！心里也明白，如果真要充内行，你就该说，二十六子，拉就拉——但是你好意思争！

车开始辗动了，世界仍然在你窗子以外。长长的一条胡同，一个个大门紧紧的关着。就是有开的，那也只是露出一角，隐约可以看到里面南瓜棚子，底下一个女的，坐在小凳上缝缝做做的；另一个，抓住还不能走路的小孩子，伸出头来喊那过路卖白菜的。至于白菜是多少钱一斤，那你是听不见了，车子早已拉得老远，并且你也无需乎知道的。在你每月费用之中，伙食是一定占去若干的。在那一笔伙食费里，白菜又是多么小的一个数。难道你知道了门口卖的白菜多少钱一斤，你真把你哭丧着脸的厨子叫来申斥一顿，告诉他每一斤白菜他多开了你一个"大子儿"？

车越走越远了，前面正碰着粪车，立刻你拿出手绢来，皱着眉，把鼻子蒙得紧紧的，心里不知怨谁好。怨天做的事太古怪；

好好的美丽的稻麦却需要粪来浇!怨乡下人太不怕臭,不怕脏,发明那么两个篮子,放在鼻前手车上,推着慢慢走!你怨市里行政人员不认真办事,如此脏臭不卫生的旧习不能改良,十余年来对这粪车难道真无办法?为着强烈的臭气隔着你窗子还不够远,因此你想到社会卫生事业如何还办不好。

路渐渐好起来,前面墙高高的是个大衙门。这里你简直不止隔个窗子,这一带高高的墙是不通风的。你不懂里面有多少办事员,办的都是什么事;多少浓眉大眼的,对着乡下人做买卖的吆喝诈取;多少个又是脸黄黄的可怜虫,混半碗饭分给一家子吃。自欺欺人,里面天天演的到底是甚么把戏?但是如果里面真有两三个人拼了命在那里奋斗,为许多人争一点便利和公道,你也无从知道!

到了热闹的大街了,你仍然像在特别包厢里看戏一样,本身不会,也不必参加那出戏;倚在栏杆上,你在审美的领略,你有的是一片闲暇。但是如果这里洋车夫问你在那里下来,你会吃一惊,仓卒不知所答。生活所最必需的你并不缺乏什么,你这出来就也是不必需的活动。

偶一抬头,看到街心和对街铺子前面那些人,他们都是急急忙忙的,在时间金钱的限制下采办他们生活所必需的。两个女人手忙脚乱的在监督着店里的伙计称秤。二斤四两,二斤四两的什么东西，且不必去管，反正由那两个女人的认真的神气上面看去，必是非同小可，性命交关的货物。并且如果称得少一点时，那两个女人为那点吃亏的分量必定感到重大的痛苦；如果称得多时，那伙计又知道这年头那损失在东家方面真不能算小。于是那两边的争持是热烈的，必需的，大家声音都高一点；女人脸上呈块红色，头发披下了一缕，又用手抓上去；伙计则维持着客气，口里嚷着：错不了，错不了！

热烈的，必需的，在车马纷纷的街心里，忽然由你车边冲出来两个人；男的，女的，各各提起两脚快跑。这又是干什么的，你心想，电车正在拐大弯。那两个原就追着电车，由轨道旁边擦过去，一边追着，一边向电车上卖票的说话。电车是不容易赶的，你在洋车上真不禁替那街心里奔走赶车的担心。但是你也知道如果这趟没赶上，他们就可以在街旁站个半点来钟，那些宁可盼穿秋水不雇洋车的人，也就是因为他们的生活而必需计较和节省到洋车同电车价钱上那相差的数目。

此刻洋车跑得很快，你心里继续着疑问你出来的目的，到底采办一些什么必需的货物。眼看着男男女女挤在市场里面，门首出来一个，进去一个，手里都是持着包包裹裹，里边虽然不会全是他们当日所必需的，但是如果当中夹着一盒稍微奢侈的物品，则亦必是他们生活中间闪着亮光的一个愉快！你不是听见那人说么？里面草帽，一块八毛五，贵倒贵点，可是"真不赖"！他提一提帽盒向着打招呼的朋友，他摸一摸他那剃得光整的脑袋，微笑充满了他全个脸。那时那一点迸射着光闪的愉快，当然的归属于他享受，没有一点疑问，因为天知道，这一年中他多少次的克己省俭，使他赚来这一次美满的，大胆的奢侈！

那点子奢侈在那人身上所发生的喜悦，在你身上却完全失掉作用，没有闪一星星亮光的希望！你想，整年整月你所花费的，和你那窗子以外的周围生活程度一比较，严格算来，可不都是非常靡费的用途？每奢侈一次，你心上只有多难过一次，所以车子经过的那些玻璃窗口，只有使你更惶恐，更空洞，更怀疑，前后彷徨不着边际。并且看了店里那些形形色色的货物，除非你真是傻子，难道不晓得它们多半是由那一国工厂里制造出来的！奢侈是不能给你愉快的，它只有要加增你的戒惧烦恼。每一尺好看点的纱料，每一件新鲜点的工艺品！

你诅咒着城市生活,不自然的城市生活！检点行装说,走了,走了；这沉闷没有生气的生活，实在受不了，我要换个样子过活去。健康的旅行既可以看看山水古刹的名胜，又可以知道点内地纯朴的人情风俗。走了，走了，天气还不算太坏，就是走他一个月六礼拜也是值得的。

没想到不管你走到那里,你永远免不了坐在窗子以内的。不错,许多时髦的学者常常骄傲地带上"考察"的神气,架上科学的眼镜,偶然走到那里一个陌生的地方瞭望,但那无形中的窗子是仍然存在的。不信,你检查他们的行李,有谁不带着罐头食品,帆布床,以及别的证明你还在你窗子以内的种种零星用品,你再摸一摸他们的皮包,那里短不了有些钞票;一到一个地方,你有的是一个提另的小小世界。不管你的窗子朝向那里望,所看到的多半则仍是在你窗子以外,隔层玻璃,或是铁纱!隐隐约约你看到一些颜色,听到一些声音,如果你私下满足了,那也没有什么,只是千万别高兴起说什么接触了,认识了若干事物人情,天知道那是罪过!洋鬼子们的一些浅薄,千万学不得。

你是仍然坐在窗子以内的,不是火车的窗子,汽车的窗子,就是客栈逆旅的窗子,再不然就是你自己无形中习惯的窗子,把你搁在里面。接触和认识实在谈不到,得天独厚的闲暇生活先不容你。一样是旅行,如果你背上掮的不是照相机而是一点做买卖的小血本,你就需要全副的精神来走路:你得留神投宿的地方;你得计算一路上每吃一次烧饼和几颗沙果的钱;遇着同行的战战兢兢的打招呼,互相捧出诚意,遇着困难时好互相关照帮忙;到了一个地方你是真带着整个血肉的身体到处碰运气,紧张的境遇不容你不奋斗,不与其他奋斗的血和肉的接触,直到经验使得你认识。

前日公共汽车里一列辛苦的脸,那些谈话,里面就有很多生活的分量。陕西过来做生意的老头和那旁坐的一股客气,是不得已的;由交城下车的客人执着红粉包纸烟递到汽车行管事手里也是有多少理由的,穿棉背心的老太婆默默地挟住一个蓝布包袱,一个钱包,是在用尽她的全副本领的。果然到了冀村,她错过站头,还亏别个客人替她要求车夫,将汽车退行两里路,她还不大相信的望着那村站,口里噜苏着这地方和上次如何两样了。开车的一面发牢骚一面爬到车顶替老太婆拿行李,经验使得他有一种涵养,行旅中少不了有认不得路的老太太,这个道理全世界是一样的,伦敦警察之所以特别和蔼,也是从迷路的老太太孩子们身上得来的。

话说了这许多,你仍然在廊子底下坐着,窗外送来溪流的喧响,兰花烟气味早已消失,四个乡下人这时候当已到了上流"庆和义"磨坊前面。昨天那里磨坊的伙计很好笑的满脸挂着面粉,让你看着磨坊的构造;坊下的木轮,屋里旋转着的石碾,又在高低的院落里,来回看你所不经见的农具在日影下列着。院中一棵老槐一丛鲜艳的杂花一条曲曲折折引水的沟渠,伙计和气的伴着说闲话。他用着山西口音,告诉你,那里一年可出五千多包的面粉，每包的价钱约略两块多钱。又说这十几年来，这一带因为山水忽然少了，磨坊关闭了多少家，外国人都把那些磨坊租去作他们避暑的别墅。惭愧的你说，你就是住在一个磨坊里面，他脸上堆起微笑，让面粉一星星在日光下映着，说认得认得，原来你所租的磨坊主人，一个外国牧师，待这村子极和气，乡下人和他还都有好感情。

这真是难得了，并且好感的由来还有实证。就是那一天早上你无意中出去探古寻胜，这一省山明水秀，古刹寺院，动不动就是宋辽的原物。走到山上一个小村的关帝庙里，看到一个铁铎，刻着万历年号，原来是万历赐这村里庆成王的后人的，不知怎样流落到卖古董的手里，七年前让这牧师买去，晚上打着玩，嘹亮的钟声被村人听到，急忙赶来打听，要凑原价买回，情辞恳切，说起这是他们吕姓的祖传宝物，决不能让它流落出境，这牧师于是真个把铁铎还了他们，从此便在关帝庙神前供着。

这样一来你的窗子前面便展开了一张浪漫的图画，打动了你的好奇，管它是隔一层或两层窗子，你也忍不住要打听点底细，怎么明庆成王的后人会姓吕！这下子文章便长了。

如果你的祖宗是皇帝的嫡亲弟弟，你是不会，也不愿，忘掉的。据说庆成王是永乐的弟弟，这赵庄村里的人都是他的后代。不过就是因为他们记得太清楚了，另一朝的皇帝都有些老大不放心，雍正间诏命他们改姓，由姓朱改为姓吕，但是他们还有用二十字排行的方法，使得他们不会弄错他们是这一脉子孙。

这样一来你就有点心跳了，昨天你雇来那打水洗衣服的不也是赵庄村来的，并且还姓吕！果然那土头土脑圆脸大眼的少年是个皇裔贵族，真是有失尊敬了。那么这村子一定穷不了，但事实上则不见得。

田亩一片，年年收成也不坏。家家户户门口有特种围墙，像个小小堡垒——当时防匪用的。屋子里面有大漆衣柜衣箱，柜门上白铜擦得亮亮；炕上棉被红红绿绿也颇鲜艳。可是据说关帝庙里已有四年没有唱戏了，虽然戏台还高巍巍的对着正殿。村子这几年穷了，有一位王孙告诉你，唱戏太花钱，尤其是上边使钱。这里到底是隔个窗子，你不懂了，一样年年好收成，为什么这几年村子穷了，只模模糊糊听到什么军队驻了三年多等，更不懂的是，村子向上一年辛苦后的娱乐，关帝庙里唱唱戏，得上面使钱？既然隔个窗子听不明白，你就通气点别尽管问了。

隔着一个窗子你还想明白多少事？昨天雇来吕姓倒水，今天又学洋鬼子东逛西逛，跑到下面养着鸡羊，上面挂有武魁匾额的人家，让他们用你不懂得的乡音招呼你吃茶，炕上坐，坐了半天出到门口，和那送客的女人周旋客气了一回，才恍然大悟，她就是替你倒脏水洗衣裳的吕姓王孙的妈，前晚上还送饼到你家来过!

　　这里你迷糊了。算了算了!你简直老老实实的坐在你窗子里得了,窗子以外的事,你看了多少也是枉然,大半你是不明白,也不会明白的。

纪念志摩去世四周年

初刊于1935年12月8日《大公报·文艺副刊》第56期,署名徽因。

今天是你走脱这世界的四周年！朋友，我们这次拿什么来纪念你？前两次的用香花感伤的围上你的照片，抑住嗓子底下叹息和悲梗，朋友和朋友无聊的对望着，完成一种纪念的形式，俨然是愚蠢的失败。因为那时那种近于伤感，而又不够宗教庄严的举动，除却点明了你和我们中间的距离，生和死的间隔外，实在没有别的成效；几乎完全不能达到任何真实纪念的意义。

去年今日我意外的由浙南路过你的家乡，在昏沉的夜色里我独立火车门外，凝望着那幽暗的站台，默默的回忆许多不相连续的过往残片，直到生和死间居然幻成一片模糊，人生和火车似的蜿蜒一串疑问在苍茫间奔驰。我想起你的：

> 车擒住轨，在黑夜里奔
> 过山，过水，过……

如果那时候我的眼泪曾不自主的溢出睫外，我知道你定会原谅我的。你应当相信我不会向悲哀投降，什么时候我都相信倔强的忠于生的，即使人生如你底下所说：

> 就凭那精窄的两道，算是轨，
> 驮着这份重，梦一般的累坠！

就在那时候我记得火车慢慢的由站台拖出一程一程的前进，我也随着酸怆的诗意，那"车的呻吟"，"过荒野，过池塘，……过噤口的村庄"。到了第二站——我的一半家乡。

今年又轮到今天这一个日子！世界仍旧一团糟，多少地方是黑云布满着粗筋络望理想的反面猛进，我并不在瞎说，当我写：

> 信仰只一细炷香，
> 那点子亮再经不起西风
> 沙沙的隔着梧桐树吹

朋友，你自己说，如果是你现在坐在我这位子上，迎着这一窗太阳；眼看着菊花影在墙上描画作态；手臂下倚着两叠今早的报纸；耳朵里不时隐隐的听着朝阳门外"打靶"的枪弹声；意识的，潜意识的，要明白这生和死的谜，你又该写成怎样一首诗来，纪念一个死别的朋友？

此时，我却是完全的一个糊涂！习惯上我说，每桩事都像是造物的意旨，归根都是运命，但我明知道每桩事都有我们自己的影子在里面烙印着！我也知道每一个日子是多少机缘巧合凑拢来拼成的图案，但我也疑问其间的排布谁是主宰。据我看来：死是悲剧的一章，生则更是一场悲剧的主干！我们这一群剧中的角色自身性格与性格矛盾；理智与情感两不相容；理想与现实当面冲突，侧面或反面激成悲哀。日子一天一天向前转，昨日和昨日堆垒起来混成一片不可避脱的背景，做成我们周遭的墙壁或气氲，那么结实又那么飘渺，使我们每一个人站在每一天的每一个时候里都是那么主要，又是那么渺小无能为！

此刻我几乎找不出一句话来说，因为，真的，我只是个完全的糊涂；感到生和死一样的不可解，不可懂。

但是我却要告诉你，虽然四年了你脱离去我们这共同活动的世界，本身停掉参加牵引事体变迁的主力，可是谁也不能否认，你仍立在我们烟涛渺茫的背景里，间接的是一种力量，尤其是在文艺创造的努力和信仰方面。间接的你任凭自然的音韵,颜色,不时的风轻月白,人的无定律的一切情感,悠断悠续的仍然在我们中间继续着生,仍然与我们共同交织着这生的纠纷,继续着生的理想。你并不离我们太远。你的身影永远挂在这里那里,同你生前一样的飘忽,爱在人家不经意时茊止,带来勇气的笑声也总是那么嘹亮,还有,还有经过你热情或焦心苦吟的那些诗,一首一首仍串着许多人的心旋转。

说到你的诗,朋友,我正要正经的同你再说一些话。你不要不耐烦,这话迟早我们总要说清的。人说盖棺定论,前者早已成了事实,这后者在这四年中,说来叫人难受,我还未曾读到一篇中肯或诚实的论评,虽然对你的赞美和攻讦由你去世后一两周间,就纷纷开始了。但是他们每人手里拿的都不像纯文艺的天秤;有的喜欢你的为人;有的疑问你私人的道德;有的单单尊崇你诗中所表现的思想哲学;有的仅喜爱那些软弱的细致的句子;有的每发议论必须牵涉到你的个人生活之合乎规矩方圆,或断言你是轻薄,或引证你是浮奢豪侈!朋友,我知道你从不介意过这些,许多人的浅陋老实或刻薄处你早就领略过一堆,你不止未曾生过气,并且常常表示怜悯同原谅;你的心情永远是那么洁净;头老抬得那么高;胸中老是那么完整的诚挚;臂上老有那么许多不折不挠的勇气。但是现在的情形与以前却稍稍不同，你自己既已不在这里，做你朋友的，眼看着你被误解，曲解，乃至于谩骂，有时真忍不住替你不平。

但你可别误会我心眼儿窄，把不相干的看成重要，我也知道误解曲解谩骂，都是不相干的，但是朋友，我们谁都需要有人了解我们的时候，真了解了我们，即使是痛下针砭，骂着了我们的弱处错处，那整个的我们却因而更增添了意义，一个作家文艺的总成绩更需要一种就文论文，就艺术论艺术的和平判断。

你在《猛虎集》序中说"世界上再没有比写诗更惨的事"，你却并未说明为什么写诗是一桩惨事，现在让我来个注脚好不好？我看一个人一生为着一个愚诚的倾向，把所感受到的复杂的情绪尝味到的生活，放到自己的理想和信仰的锅炉里烧炼成几句悠扬铿锵的语言（那怕是几声小唱），来满足他自己本能的艺术的冲动，这本来是个极寻常的事，那一个地方那一个时代，都不断有这种人。轮着做这种人的多半是为着他情感来得比寻常人浓富敏锐，而为着这情感而发生的冲动更是非实际的——或不全是实际的——追求，而需要那种艺术的满足而已。说起来写诗的人的动机多么单简可怜，正是如你序里所说"我们都是受支配的善良的生灵"！虽然有些诗人因为他们的成绩特别高厚旷阔包括了多数人，或整个时代的艺术和思想的冲动，从此便在人中间披上神秘的光圈，使"诗人"两字无形中挂着崇高的色彩。这样使一般努力于用韵文表现或描画人在自然万物相交错的情绪思想的,便被人的成见看作夸大狂的旗帜,需要同时代人的极冷酷的讥讽和不信任来扑灭它,以挽救人类的尊严和健康。

我承认写诗是惨淡经营,孤立在人中挣扎的勾当,但是因为我知道太清楚了,你在这上面单纯的信仰和诚恳的尝试,为同业者奋斗,卫护他们情感的愚诚,称扬他们艺术的创造,自己从未曾求过虚荣,我觉得你始终是很逍遥舒畅的。如你自己所说"满头血水"你"仍不曾低头",你自己相信"一点性灵还在那里挣扎","还想在实际生活的重重压迫下透出一些声响来"。

简单的说,朋友,你这写诗的动机是坦白不由自主的,你写诗的态度是诚实,勇敢,而倔强的。这在讨论你诗的时候,谁都先得明了的。

至于你诗的技巧问题,艺术上的造诣,在这新诗仍在彷徨歧路的尝试期间,谁也不能坚决的论断。不过有一桩事我很想提醒现在讨论新诗的人,新诗之由于无条件无形制宽泛到几乎没有一定的定义时代,转入这讨论外形内容,以至于音节韵脚章句意象组织等艺术技巧问题的时期,即是根据着对这方面努力尝试过的那一些诗,你的头两个诗集子就是供给这些讨论见解最多材料的根据。外国的土话说"马总得放在马车的前面",不是?没有一些尝试的成绩放在那里,理论家是不能老在那里发一堆空头支票的,不是?

你自己一向不止在那里倔强的尝试用功,你还曾用尽你所有活泼的热心鼓励别人尝试,鼓励"时代"起来尝试,——这种工作是最犯风头嫌疑的,也只有你胆子大头皮硬顶得下来!我还记得你要印诗集子时我替你捏一把汗,老实说还替你在有文采的老前辈中间难为情过,我也记得我初听到人家找你办"晨副"时我的焦急,但你居然板起个脸抓起两把鼓槌子为文艺吹打开路乃至于扫地,铺鲜花,不顾旧势力的非难,新势力的怀疑,你干你的事"事在人为,做了再说"那股子劲,以后别处也还很少见。

现在你走了,这些事渐渐在人的记忆中模糊下来,你的诗和文章也散漫在各小本集子里,压在有极新鲜的封皮的新书后面,谁说起你来,不是麻麻糊糊的承认你是过去中一个势力,就是拿能够挑剔看轻你的诗为本事(散文人家很少提到,或许"散文家"没有诗人那么光荣不值得注意),朋友,这是没法子的事,我却一点不为此灰心,因为我有我的信仰。

我认为我们这写诗的动机既如前边所说那么简单愚诚;因在某一时,或某一刻敏锐的接触到生活上的锋芒,或偶然的触遇到理想峰巅上云彩星霞,不由得不在我们所习惯的语言中,编缀出一两串近于音乐的句子来,慰藉自己,解放自己,去追求超实际的真美,读诗者的反应一定有一大半也和我们这写诗的一样诚实天真,仅想在我们句子中间由音乐性的愉悦,接触到一些生活的底蕴,渗合着美丽的憧憬;把我们的情绪给他们的情绪搭起一座浮桥;把我们的灵感,给他们生活添些新鲜;把我们的痛苦伤心再揉成他们自己忧郁的安慰!

我们的作品会不会长存下去,也就看它们会不会活在那一些我们从不认识的人,我们作品的读者,散在各时,各处互相不认识的孤单的人的心里的,这种事它自己有自己的定律,并不需要我们的关心的。你的诗据我所知道的,它们仍旧在这里浮沉流落,你的影子也就浓淡参差的系在那些诗句中,另一端印在许多不相识人的心里。朋友,你不要过于看轻这种间接的生存,许多热情的人他们会为着你的存在,而加增了生的意识的。伤心的仅是那些你最亲热的朋友们和同兴趣的努力者,你不在他们中间的事实,将要永远是个不能填补的空虚。

你走后大家就提议要为你设立一个"志摩奖金"来继续你鼓励人家努力诗文的素志,勉强象征你那种对于文艺创造拥护的热心,使不及认得你的青年人永远对你保存着亲热。如果这事你不觉到太寒伧不够热气,我希望你原谅你这些朋友们的苦心，在冥冥之中笑着给我们勇气来做这一些蠢诚的事吧。

二十四年十一月十九日　北平

蛛丝和梅花

初刊于 1936 年 2 月 2 日《大公报·文艺副刊》第 86 期,署名徽因。

真真的就是那么两根蛛丝,由门框边轻轻的牵到一枝梅花上。就是那么两根细丝,迎着太阳光发亮……再多了,那还像样么?一个摩登家庭如何能容蛛网在光天白日里作怪,管它有多美丽,多玄妙,多细致,够你对着它联想到一切自然,造物的神工和不可思议处;这两根丝本来就该使人脸红,且在冬天够多特别!可是亮亮的,细细的,倒有点像银,也有点像玻璃制的细丝,委实不算讨厌,尤其是它们那么满脱风雅,偏偏那样有意无意的斜着搭在梅花的枝梢上。

你向着那丝看,冬天的太阳照满了屋内,窗明几净,每朵含苞的,开透的,半开的梅花在那里挺秀吐香,情绪不禁迷茫飘渺的充溢心胸,在那刹那的时间中振荡。同蛛丝一样的细弱,和不必需，思想开始抛引出去；由过去牵到将来，意识的，非意识的，由门框梅花牵出宇宙，浮云沧波踪迹不定。是人性，艺术，还是哲学，你也无暇计较，你不能制止你情绪的充溢，思想的驰骋，蛛丝梅花竟然是瞬息可以千里！

好比你是蜘蛛，你的周围也有你自织的蛛网，细致的牵引着天地，不怕多少次风雨来吹断它，你不会停止了这生命上基本的活动。此刻"……一枝斜好，幽香不知甚处，……"

拿梅花来说吧，一串串丹红的结蕊缀在秀劲的傲骨上，最可爱，最可赏，等半绽将开的错落在老枝上时，你便会心跳！梅花最怕开；开了便没话说。索性残了，沁香拂散同夜里炉火都能成了一种温存的凄清。

记起了，也就是说到梅花，玉兰。初是有个朋友说起初恋时玉兰刚开完，天气每天的暖，住在湖旁，每夜跑到湖边林子里走路，又静坐幽僻石上看隔岸灯火，感到好像仅有如此虔诚的孤对一片泓碧寒星远市，才能把心里情绪抓紧了，放在最可靠最纯净的一撮思想里，始不至亵渎了或是惊着那"寤寐思服"的人儿。那是极年轻的男子初恋的情景，——对象渺茫高远，反而近求"自我的"郁结深浅——他问起少女的情绪。

就在这里，忽记起梅花。一枝两枝，老枝细枝，横着，虬着，描着影子，喷着细香；太阳淡淡金色的铺在地板上；四壁琳琅，书架上的书和书签都像在发出言语；墙上小对联记不得是谁的集句；中条是东坡的诗。你敛住气，简直不敢喘息，踮起脚，细小的身形嵌在书房中间，看残照当窗，花影摇曳，你像失落了什么，有点迷惘。又像"怪东风着意相寻"，有点儿没主意！浪漫，极端的浪漫。"飞花满地谁为扫？"你问，情绪风似的吹动，卷过，停留在惜花上面。再回头看看，花依旧嫣然不语。"如此娉婷，谁人解看花意，"你更沉默，几乎热情的感到花的寂寞，开始怜花，把同情统统诗意地交给了花心！

这不是初恋，是未恋，正自觉"解看花意"的时代。情绪的不同，不止是男子和女子有分别，东方和西方也甚有差异。情绪即使根本相同，情绪的象征，情绪所寄托，所栖止的事物却常常不同。水和星子同西方情绪的联系，早就成了习惯。一颗星子在蓝天里闪，一流冷涧倾泻一片幽愁的平静，便激起他们诗情的波涌，心里甜蜜的，热情的便唱着由那些鹅羽的笔锋散下来的"她的眼如同星子在暮天里闪"，或是"明丽如同单独的那颗星，照着晚来的天"，或"多少次了，在一流碧水旁边，忧愁倚下她低垂的脸"。

惜花，解花太东方，亲昵自然，含着人性的细致是东方传统的情绪。

此外年龄还有尺寸，一样是愁，却跃跃似喜，十六岁时的，微风零乱,不颓废,不空虚,踹着理想的脚充满希望,东方和西方却一样。人老了脉脉烟雨,愁吟或牢骚多折损诗的活泼。大家如香山,稼轩,东坡,放翁的白发华发,很少不梗在诗里,至少是令人不快。话说远了,刚说是惜花,东方老少都免不了这嗜好,这倒不论老的雪鬓曳杖,深闺里也就攒眉千度。

最叫人惜的花是海棠一类的"春红",那样娇嫩明艳,开过了残红满地,太招惹同情和伤感。但在西方即使也有我们同样的花,也还缺乏我们的廊庑庭院。有了"庭院深深深几许"才有一种庭院里特有的情绪。如果李易安的"斜风细雨"底下不是"重门须闭"也就不"萧条"得那样深沉可爱;李后主的"终日谁来"也一样的别有寂寞滋味。看花更须庭院,深深锁在里面认识,不时还得有轩窗栏杆,给你一点凭借,虽然也用不着十二栏杆倚遍,那么慵弱无聊。

当然旧诗里伤愁太多;一首诗竟像一张美的证券,可以照着市价去兑现!所以庭花,乱红,黄昏,寂寞太滥,诗常失却诚实。西洋诗,恋爱总站在前头,或是"忘掉",或是"记起",月是为爱,花也是为爱,只使全是真情,也未尝不太腻味。就以两边好的来讲。拿他们的月光同我们的月色比,似乎是月色滋味深长得多。花更不用说了;我们的花"不是预备采下缀成花球,或花冠献给恋人的",却是一树一树绰约的,个性的,自己立在情人的地位上接受恋歌的。

所以未恋时的对象最自然的是花，不是因为花而起的感慨，——十六岁时无所谓感慨，——仅是刚说过的自觉解花的情绪，寄托在那清丽无语的上边，你心折它绝韵孤高，你为花动了感情，实说你同花恋爱，也未尝不可，——那惊讶狂喜也不减于初恋。还有那凝望，那沉思……

一根蛛丝！记忆也同一根蛛丝，搭在梅花上就由梅花枝上牵引出去，虽未织成密网，这诗意的前后，也就是相隔十几年的情绪的联络。

午后的阳光仍然斜照，庭院阒然，离离疏影，房里窗棂和梅花依然伴和成为图案，两根蛛丝在冬天还可算为奇迹，你望着它看，真有点像银，也有点像玻璃，偏偏那么斜挂在梅花的枝梢上。

二十五年新年漫记

《文艺丛刊小说选》题记

初刊于1936年3月1日《大公报·文艺副刊》第101期,署名林徽因。

《大公报》文艺副刊出了一年多,现在要将这第一年中属于创造的短篇小说,提出来选出若干篇印成单行本,供给读者更方便的阅览。这个工作的确该使认真的作者和读者两方面全都高兴。

这里篇数并不多,人数也不多,但是聚在一个小小的选集里也还结实饱满,拿到手里可以使人充满喜悦的希望。

我们不怕读者读过了以后,这燃起的希望或者又会黯下变成失望。因为这失望竟许是不可免的,如果读者对创造界诚恳的抱着很大的理想,心里早就叠着不平常的企望。但只要是读者诚实的反应,我们都不害怕。因为这里是一堆作者老实的成绩,合起来代表一年中创造界一部分的试验,无论拿什么标准来衡量它，断定它的成功或失败，谁也没有一句话说的。

现在姑且以编选人对这多篇作品所得的感想来说，供读者浏览评阅这本选集时一种参考，简单的就是底下的一点意见。

如果我们取鸟瞰的形势来观察这个小小的局面，至少有一个最显著的现象展在我们眼下。在这些作品中，在题材的选择上似乎有个很偏的倾向：那就是趋向农村或少受教育分子或劳力者的生活描写。这倾向并不偶然，说好一点，是我们这个时代对于他们——农人与劳力者——有浓重的同情和关心；说坏一点，是一种盲从趋时的现象。但最公平的说，还是上面的两个原因都有一点关系。描写劳工社会，乡村色彩已成一种风气，且在文艺界也已有一点成绩。初起的作家，或个性不强烈的作家，就容易不自觉的，因袭这种已有眉目的格调下笔。尤其是在我们这时代，青年作家都很难过自己在物质上享用，优越于一般少受教育的民众，便很自然的要认识乡村的穷苦，对偏僻的内地发生兴趣，反倒撇开自己所熟识的生活不写。拿单篇来讲，许多都写得好，还有些写得特别精彩的。但以创造界全盘试验来看，这种偏向表示贫弱，缺乏创造力量。并且为良心的动机而写作，那作品的艺术成分便会发生疑问。我们希望选集在这一点上可以显露出这种创造力的缺乏，或艺术性的不纯真，刺激作家们自己更有个性，更热诚的来刻画这多面综错复杂的人生，不拘泥于任何一个角度。

除却上面对题材的偏向以外，创造文艺的认真却是毫无疑问的。前一时代在流畅文字的烟幕下，刻薄的以讽刺个人博取流行幽默的小说，现已无形的摈出努力创造者的门外，衰灭下去几至绝迹。这个情形实在也值得我们作者和读者额手相庆的好现象。

在描写上，我们感到大多数所取的方式是写一段故事，或以一两人物为中心，或以某地方一桩事发生的始末为主干，单纯的发展与结束，这也是比较薄弱的手法。这个我们疑惑或是许多作者误会了短篇的限制，把它的可能性看得过窄的缘故。生活大胆的断面，这里少有人尝试，剖示贴己生活的矛盾也无多少人认真的来做。这也是我们中间一种遗憾。

至于关于这里短篇技巧的水准，平均的程度，编选人却要不避嫌疑的提出请读者注意。无疑的，在结构上，在描写上，在叙事与对话的分配上，多数作者已有很成熟自然的运用。生涩幼稚和冗长散漫的作品，在新文艺早期中毫无愧色的散见于各种印刷物中，现在已完全敛迹。通篇的连贯，文字的经济，着重点的安排，颜色图画的鲜明，已成为极寻常的标准。在各篇中我们相信读者一定不会不觉察到那些好处的；为着那些地方就给了编选人以不少愉快和希望。

最后如果不算离题太远，我们还要具体的讲一点我们对于作者与作品的见解。作品最主要处是诚实。诚实的重要还在题材的新鲜，结构的完整，文字的流丽之上。即作品需诚实于作者客观所明了，主观所体验的生活。小说的情景即使整个是虚构的，内容的情感却全得借力于迫真的，体验过的情感，毫不能用空洞虚假来支持着伤感的"情节"！所谓诚实并不是作者必须实际的经过在作品中所提到的生活，而是凡在作品中所提到的生活，的确都是作者在理智上所极明了，在感情上极能体验得出的情景或人性。许多人因为自疚生活方式不新鲜，而故意的选择了一些特殊浪漫，而自己并不熟识的生活来做题材，然后敲诈自己有限的幻想力去铺张出自己所没有的情感，来骗取读者的同情。这种创造既浪费文字来夸张虚伪的情景和伤感，那些认真的读者，要从文艺里充实生活认识人生的，自然要感到十分的不耐烦和失望的。

生活的丰富不在生存方式的种类多与少，做过学徒，又拉过洋车，去过甘肃又走过云南，却在客观的观察力与主观的感觉力同时的锐利敏捷，能多面的明了及尝味所见，所听，所遇，种种不同的情景；还得理会到人在生活上互相的关系与牵连；固定的与偶然的中间所起戏剧式的变化；最后更得有自己特殊的看法及思想，信仰或哲学。

一个生活丰富者不在客观的见过若干事物，而在能主观的激发很复杂，很不同的情感，和能够同情于人性的许多方面的人。

所以一个作者，在运用文字的技术学问外，必需是能立在任何生活上面，能在主观与客观之间，感觉和了解之间，理智上进退有余，情感上横溢奔放，记忆与幻想交错相辅，到了真即是假，假即是真的程度，他的笔下才现着活力真诚。他的作品才会充实伟大，不受题材或文字的影响，而能持久普遍的动人。

这些道理，读者比作者当然还要明白点，所以作品的估价永远操在认真的读者手里，这也是这个选集不得不印书，献与它的公正的评判者的一个原因。

究竟怎么一回事

初刊于1936年8月30日《大公报·文艺副刊》第206期,署名林徽因。

写诗究竟是怎么一回事?

写诗,或可说是要抓紧一种一时闪动的力量,一面跟着潜意识浮沉,摸索自己内心所萦回,所着重的情感——喜悦,哀思,忧怨,恋情,或深,或浅,或缠绵,或热烈,又一方面顺着直觉,认识,辨味,在眼前或记忆里官感所触遇的意象——颜色,形体,声音,动静,或细致,或亲切,或雄伟,或诡异;再一方面又追着理智探讨,剖析,理会这些不同的性质,不同分量,流转不定的情感意象所互相融会,交错策动而发生的感念;然后以语言文字(运用其声音意义)经营,描画,表达这内心意象,情绪,理解在同时间或不同时间里,适应或矛盾的所共起的波澜。

写诗,或又可说是自己情感的,主观的,所体验了解到的;

和理智的，客观的所体察辨别到的，同时达到一个程度，腾沸横溢，不分宾主的互相起了一种作用，由于本能的冲动，凭着一种天赋的兴趣和灵巧，驾驭一串有声音，有图画，有情感的言语，来表现这内心与外物息息相关的联系，及其所发生的悟理或境界。

写诗，或又可以说是若不知其所以然的，灵巧的，诚挚的，在传译给理想的同情者，自己内心所流动的情感穿过繁复的意象时，被理智所窥探而由直觉与意识分着记取的符录！一方面似是惨淡经营，——至少是专诚致意，一方面似是借力于平时不经意的准备，"下笔有神"的妙手偶然拈来；忠于情感，又忠于意象，更忠于那一串刹那间内心整体闪动的感悟。

写诗，或又可说是经过若干潜意识的酝酿，突如其来的，在生活中意识到那么凑巧的一顷刻小小时间；凑巧的，灵异的，不能自已的，流动着一片浓挚或深沉的情感，敛聚着重重繁复演变的情绪，更或凝定入一种单纯超卓的意境，而又本能的迫着你要刻画一种适合的表情。这表情积极的，像要流泪叹息或歌唱欢呼，舞蹈演述；消极的，又像要幽独静处，沉思自语。换句话说，这两者合一，便是一面要天真奔放，热情的自白去邀同情和了解，同时又要寂寞沉默，孤僻的自守来保持悠然自得的完美和严肃！

在这一个凑巧的一顷刻小小时间中（着重于那凑巧的），你的所有直觉，理智，官感，情感，记性和幻想，独立的及交互的都进出它们不平常的锐敏，紧张，雄厚，壮阔及深沉。在它们潜意识的流动，——独立的或交互的融会之间——如出偶然而又不可避免的涌上一闪感悟，和情趣——或即所谓灵感——或是亲切的对自我得失悲欢；或辽阔的对宇宙自然；或智慧的对历史人性。这一闪感悟或是混沌朦胧，或是透彻明晰。像光同时能照耀洞察，又能抚摩包含你的所有已经尝味，还在尝味，及幻想尝味的"生"的种种形色质量，且又活跃着其间错综重叠于人于我的意义。

这感悟情趣的闪动——灵感的脚步——来得轻时，好比潺潺清水婉转流畅，自然的洗涤，浸润一切事物情感，倒影映月，梦残歌罢，美感的旋起一种超实际的权衡轻重，可抒成慷慨缠绵千行的长歌，可留下如幽咽微叹般的三两句诗词。愉悦的心声，轻灵的心画，常如啼鸟落花，轻风满月，夹杂着情绪的缤纷；泪痕巧笑，奔放轻盈，若有意若无意的遗留在各种言语文字上。

但这感悟情趣的闪动，若激越澎湃来得强时，可以如一片惊涛飞沙，由大处见到纤微，由细弱的物体看它变动，宇宙人生，幻若苦谜。一切又如经过烈火燃烧锤炼，分散，减化成为净纯的茫焰气质，升处所有情感意象于空幻，神秘，变移无定，或不减不变绝对，永恒的玄哲境域里去，卓越隐奥，与人性情理遥远底的好像隔成距离。身受者或激昂通达，或禅寂淡远，将不免挣扎于超情感，超意象，乃至于超言语，以心传心的创造。隐晦迷离，如禅偈玄诗，便不可制止的托生在与那幻理境界几不适宜的文字上，占定其生存权。

写诗……

总而言之，天知道究竟写诗是怎么一回事。在写诗的时候，或者是"我知道，天知道"；到写了之后，最好学 Browning[21] 不避嫌疑的自讥的，只承认"天知道"，天下关于写诗的笔墨官司便都省了。

我们仅听到写诗人自己说一阵奇异的风吹过，或是一片澄清的月色，一个惊讶，一次心灵的振荡，便开始他写诗的尝试，迷于意境文字音乐的搏斗，但是究竟这奇异的风和月，心灵的振荡或惊讶是什么？是不是仍为那可以追踪到内心直觉的活动；到潜意识后面那综错交流的情感与意象；那意识上理智的感念思想；以及要求表现的本能冲动？灵异的风和月所指的当是外界的一种偶然现象，同时却也是指它们是内心活动的一种引火线。诗人说话没有不打比喻的。

我们根本早得承认诗是不能脱离象征比喻而存在的。在诗

21　Browning，即英国维多利亚时代诗人布朗宁。

里情感必依附在意象上，求较具体的表现；意象则必须较明晰的或沉着的，恰适的烘托情感，表征含义。如果这还需要解释，常识的，我们可以问：在一个意识的或直觉的，官感，情感，理智，同时并重的一个时候，要一两句简约的话来代表一堆重叠交错的外象和内心情绪思想所发生的微妙的联系，而同时又不失却原来情感的质素分量，是不是容易或可能的事？一个比喻或一种象征在字面或事物上可以极简单，而同时可以带着字面事物以外的声音颜色形状，引起它们与其他事物关系的联想。这个办法可以多方面的来辅助每句话确实的含义，而又加增官感情感理智每方面的刺激和满足，道理甚为明显。

无论什么诗都从不曾脱离过比喻象征，或比喻象征式的言语。诗中意象多不是寻常纯客观的意象。诗中的云霞星宿，山川草木，常有人性的感情，同时内心人性的感触反又变成外界的体象，虽简明浅现隐奥繁复各有不同的。但是诗虽不能缺乏比喻象征，象征比喻却并不是诗。

诗的泉源，上面已说过，是意识与潜意识的融会交流错综的情感意象和概念所促成；无疑的，诗的表现必是一种形象情感思想合一的语言。但是这种语言，不能仅是语言，它又须是一种类似动作的表情，这种表情又不能只是表情，而须是一种理解概念的传达。它同时须不断的传译情感，描写现象诠释感悟。它不是形体而须创造形体颜色；它是音声，却最多仅要留着长短节奏。最要紧的是按着疾徐高下，和有限的铿锵音调，依附着一串单独或相联的字义上边；它须给直觉意识，情感理智，以整体的快惬。

因为相信诗是这样繁难的一列多方面条件的满足，我们不能不怀疑到纯净意识的，理智的，或可以说是"技术的"创造——或所谓"工"之绝无能为。诗之所以发生，就不叫它做灵感的来临，主要的亦在那一闪力量突如其来，或灵异的一刹那的"凑巧"，将所有繁复的"诗的因素"都齐集荟萃于一俄顷偶然的时间里。所以诗的创造或完成，主要亦当在那灵异的，凑巧的，偶然的活动一部分属意识，一部分属直觉，更多一部分属潜意识的，所谓"不以文而妙"的"妙"。理智情感，明晰隐晦都不失之过偏。意象瑰丽迷离，转又朴实平淡，像是纷纷纭纭不知所从来，但飘忽中若有必然的线索可寻；理解玄奥繁难，也像是纷纷纭纭莫明所以。但错杂里又是斑驳分明，情感穿插联系其中，若有若无，给草木气候，给热情颜色。一首好诗在一个会心的读者前边有时真会是一个奇迹！但是伤感流丽，铺张的意象，涂饰的情感，用人工连缀起来，疏忽的看去，也未尝不像是诗。故作玄奥渊博，颠倒义象，堆砌起重重理喻的诗，也可以吓然惊人一下。

写诗究竟是怎么一回事，真是惟有天知道得最清楚！读者与作者，读者与读者，作者与作者关于诗的意见，历史告诉我传统的是要永远的差别分歧，争争吵吵到无尽时。因为老实的说，谁也仍然不知道写诗是怎么一回事的，除却这篇文字所表示的，勉强以抽象的许多名词，具体的一些比喻来捉摸描写那一种特殊的直觉活动，献出一个极不能令人满意的答案。

彼此

初刊于1939年2月5日《今日评论》第1卷第6期,署名徽因。

朋友又见面了,点点头笑笑,彼此晓得这一年不比往年,彼此是同增了许多经验。个别的说,这时间中每一人的经历虽都有特殊的形相,含着特殊的滋味,需要个别的情绪来分析来描述。

综合的说,这许多经验却是一整片仿佛同式同色,同大小,同分量的迷惘。你触着那一角,我碰上这一头,归根还是那一片迷惘笼罩着彼此。七月!——这两字就如同史歌的开头那么有劲——八月,九月带来了那狂风,后来,后来过了年——那无法忘记的除夕!——又是那一月,二月,三月,到了七月,再接再厉的又到了年夜。现在又是一月二月在开始……谁记得最清楚,这串日子是怎样的延续下来,生活如何的变?想来彼此都不会记得过分清晰,一切都似乎在这离中旋转,但谁又会忘掉那么切肤的重重忧患的网膜?

经过炮火或流浪的洗礼,变换又变换的日月,难道彼此脸上没有一点记载这经验的痕迹?但是当整一片国土纵横着创痕,大家都是"离散而相失……去故乡而就远",自然"心婵媛而伤怀兮,眇不知其所蹠"[22],脸上所刻那几道并不使彼此惊讶,所以还只是笑笑好。口角边常添几道酸甜的纹路,可以帮助彼此咀嚼生活。何不默认这一点:在迷惘中人最应该有笑,这种的笑,虽然是敛住神经,敛住肌肉,仅是毅力的后背,它却是必需的,如同保护色对于许多生物,是必需的一样。

那一晚在××江心,某一来船的甲板上,热臭的人丛中,他记起他那时的困顿饥渴和狼狈,旋绕他头上的却是那真实倒如同幻象,幻象又成了真实的狂敌杀人的工具,敏捷而近代型的飞机:美丽得像鱼像鸟……!这里黯然的一掬笑是必需的,因为同样的另外一个人懂得那原始的骤然唤起纯筋肉反射作用的恐怖。他也正在想那时他在××车站台上露宿,天上有月,左右有人,零落如同被风雨摧落后的落叶,瑟索地蜷伏着,他们心里都在回味那一天他们所初次尝到的敌机的轰炸!谈话就可以这样无限制的延长,因为现在都这样的记忆,——比这样

---

22 出自屈原《九章·哀郢》。

更辛辣苦楚的——在各人心里真是太多了！随便提起一个地名大家所熟悉的都会或商埠，随着全会涌起怎样的一个最后印象！

再说初入一个陌生城市的一天，——这经验现在又多普遍——尤其是在夜间，这里就把个别的情形和感触除外，在大家心底曾留下的还不是一剂彼此都熟识的清凉散？苦里带涩，那滋味侵入脾胃时，小小的冷噤会轻轻在背脊上爬过，用不着丝毫锐性的感伤！也许他可以说他在那夜进入某某城内时，看到一列小店门前凄惶的灯，黄黄的发出奇异的晕光，使他嗓子里如梗着刺，感到一种发紧的触觉。你所记得的却是某一号车站后面黯白的煤气灯射到陌生的街心里，使你心里好像失落了什么。

那陌生的城市，在地图上指出时，你所经过的同他所经过的也可以有极大的距离，你同他当时的情形也可以完全的不相同。但是在这里，个别的异同似乎非常之不相干；相干的仅是你我会彼此点头，彼此会意，于是也会彼此的笑笑。

七月在卢沟桥与敌人开火以后，纵横中国土地上的脚印密密的衔接起来，更加增了中国地域广漠的证据。每个人参加过这广漠地面上流转的大韵律的，对于尘土和血，两件在寻常不多为人所理会的，极寻常的天然质素，现在每人在他个别的角上，对它们都发生了莫大亲切的认识。每一寸土，每一滴血，这种话，已是可接触，可把持的十分真实的事物，不仅是一句话一个"概念"而已。

在前线的前线，兴奋和疲劳已掺拌着尘土和血另成一种生活的形体魂魄。睡与醒中间，饥与食中间，生和死中间，距离短得几乎不存在！生活只是一股力，死亡一片沉默的恨，事情简单得无可再简单。尚在生存着的，继续着是力，死去的也继续着堆积成更大的恨。恨又生力，力又变恨，惘惘地却勇敢的循环着，其他一切则全是悬在这两者中间悲壮热烈的穿插。

在后方，事情却没有如此简单，生活仍然缓弛的伸缩着；食宿生死间距离恰像黄昏长影，长长的，尽向前引伸，像要扑入夜色，同夜溶成一片模糊。在日夜宽泛的循回里于是穿插反更多了，真是天地无穷，人生长勤。生之穿插零乱而琐屑，完全无特殊的色泽或轮廓，更不必说英雄气息壮烈成分。斑斑点点仅像小血锈凝在生活上，在你最不经意中烙印生活。如果你有志不让生活在小处窳败，逐渐减损，由锐而钝，由张而弛，你就得更感谢那许多极平常而琐碎的摩擦，无日无夜的透过你的神经，肌肉或意识。这种时候，叹息是悬起了，因一切虽然细小，却绝非从前所熟识的感伤。每件经验都有它粗壮的真实，没有叹息的余地。口边那酸甜的纹路是实际哀乐所刻画而成，是一种坚忍韧性的笑。因为生活既不是简单的火焰时，它本身是很沉重，需要韧性的支持，需要产生这韧性支持的力量。

现在后方的问题，是这种力量的源泉在那里？决不凭着平日均衡的理智，——那是不够的，天知道！尤其是在这时候，情感就在皮肤底下"踊跃其若汤"[23]，似乎它所需要的是超理智的冲动！现在后方被缓的生活，紧的情感，两面摩擦得愁郁无快，居戚戚而不可解，每个人都可以苦恼而又热情的唱"终长夜之曼曼兮，掩此哀而不去"，或"宁溘死而流亡兮，不忍为此之常愁"！支持这日子的主力在那里呢？你我生死，就不检讨它的意义以自大，也还需要一点结实的凭借才好。

我认得有个人，很寻常的过着国难日子的寻常人，写信给他朋友说，他的嗓子虽然总是那么干哑，他却要哑着嗓子私下告诉他的朋友：他感到无论如何在这时候，他为这可爱的老国家带着血活着，或流着血或不流着血死去，他都觉到荣耀，异于寻常的，他现在对于生与死都必然感到满足。这话或许可以在许多心弦上叩起回响，我常思索这简单朴实的情感是从那里来的。信念？像一道泉流透过意识，我开始明了理智同热血的冲动以外，还有个纯真的力量的出处。信心产生力量，又可储蓄力量。

信仰坐在我们中间多少时候了，你我可曾觉察到？信仰所给予我们的力量不也正是那坚忍韧性的倔强？我们都相信，我

---

23 本段三处引用皆出自屈原《九章·悲回风》。

们只要都为它忠贞的活着或死去,我们的大国家自会永远的向前迈进,由一个时代到又一个时代。我们在这生是如此艰难,死是这样容易的时候,彼此仍会微笑点头的缘故也就在这里吧?现在生活既这样的彼此患难同味,这信心自是,我们此时最主要的连系,不信你问他为什么仍这样硬朗的活着,他的回答自然也是你的回答,如果他也问你。

信仰坐在我们中间多少时候了?那理智热情都不能代替的信心!

思索时许多事,在思流的过程中,总是那么晦涩,明了时自己都好笑,所想到的是那么简单明显的事实!此时我拭下额汗,差不多可以意识到自己口边的纹路,我尊重着那酸甜的笑,因为我明白起来,它是力量。

话不用再说了,现在一切都是这么彼此,这么共同,个别的情绪这么不相干。当前的艰苦不是个别的,而是普遍的,充满整一个民族,整一个时代!我们今天所叫做生活的,过后它便是历史。客观的无疑我们彼此所熟识的艰苦正在展开一个大时代。所以别忽略了我们现在彼此的点点头。且最好让我们共同酸甜的笑纹,有力的,坚韧的,横过历史。

一片阳光

初刊于1946年11月24日《大公报·文艺副刊》,署名林徽因。

放了假,春初的日子松弛下来。将午未午时候的阳光,澄黄的一片,由窗槛横浸到室内,晶莹的四处射。我有点发怔,习惯的在沉寂中惊讶我的周围。我望着太阳那湛明的体质,像要辨别它那交织绚烂的色泽,追逐它那不着痕迹的流动。看它洁净的映到书桌上时,我感到桌面上平铺着一种恬静,一种精神上的豪兴,情趣上的闲逸;即或所谓"窗明几净",那里默守着神秘的期待,漾开诗的气氛。那种静,在静里似可听到那一处琤琮的泉流,和着仿佛是断续的琴声,低诉着一个幽独者自娱的音调。看到这同一片阳光射到地上时,我感到地面上花影浮动,暗香吹拂左右,人随着晌午的光霭花气在变幻,那种动,柔谐婉转有如无声音乐,令人悠然轻快,不自觉的脱落伤愁。至多,在舒扬理智的客观里使我偶一回头,看看过去幼年记忆步履所留的残迹,有点儿惋惜时间;微微怪时间不能保存情绪,保存那一切情绪所曾流连的境界。

倚在软椅上不但奢侈,也许更是一种过失,有闲的过失。但东坡的辩护"懒者常似静,静岂懒者徒",不是没有道理。如果此刻不倚榻上而"静",则方才情绪所兜的小小圈子便无条件的失落了去!人家就不可惜它,自己却实在不能不感到这种亲密的损失的可哀。

就说它是情绪上的小小旅行吧,不走并无不可,不过走走未始不是更好。归根说,我们活在这世上到底最珍惜一些什么?果真珍惜万物之灵的人的活动所产生的种种,所谓人类文化?这人类文化到底又靠一些什么?我们怀疑或许就是人身上那一撮精神同机体的感觉,生理心理所共起的情感,所激发出的一串行为,所聚敛的一点智慧,——那么一点点人之所以为人的表现。宇宙万物客观的本无所可珍惜,反映在人性上的山川草木禽兽才开始有了秀丽,有了气质,有了灵犀。反映在人性上的人自己更不用说。没有人的感觉,人的情感,即便有自然,也就没有自然的美,质或神方面更无所谓人的智慧,人的创造,人的一切生活艺术的表现!这样说来,谁该鄙弃自己感觉上的小小旅行?为壮壮自己胆子,我们更该相信惟其人类有这类情绪的驰骋,实际的世间才赓续着产生我们精神所寄托的文物精萃。

此刻我竟可以微微一咳嗽，乃至于用播音的圆润口调说：我们既然无疑的珍惜文化，即尊重盘古到今种种的艺术——无论是抽象的思想的艺术，或是具体的驾驭天然材料另创的非天然形象——则对于艺术所由来的渊源，那点点人的感觉，人的情感智慧（通称人的情绪的），又当如何的珍惜才算合理？

但是情绪的驰骋，显然不是诗或画或任何其他艺术建造的完成。这驰骋此刻虽占了自己生活的若干时间，却并不在空间里占任何一个小小位置！这个情形自己需完全明了。此刻它仅是一种无踪迹的流动，并无栖身的形体。它或含有各种或可捉摸的质素，但是好奇的探讨这个质素而具体要表现它的差事，无论其有无意义，除却本人外，别人是无能为力的。我此刻为着一片清婉可喜的阳光，分明自己在对内心交流变化的各种联想发生一种兴趣的注意，换句话说，这好奇与兴趣的注意已是我此刻生活的活动。一种力量又迫着我来把握住这个活动，而设法表现它，这不易抑制的冲动，或即所谓艺术冲动也未可知！只记得冷静的杜工部散散步，看看花，也不免会有"江上被花恼不彻，无处告诉只颠狂"的情绪上一片紊乱！玲珑煦暖的阳光照人面前，那美的感人力量就不减于花，不容我生硬的自己把情绪分划为有闲与实际的两种，而权其轻重，然后再决定取舍的。我也只有情绪上一片紊乱。

情绪的旅行本偶然的事，今天一开头并为着这片春初晌午的阳光，现在也还是为着它。房间内有两种豪侈的光常叫我的心绪紧张如同花开，趁着感觉的微风，深浅零乱于冷智的枝叶中间。一种是烛光，高高的台座，长垂的蜡泪，熊熊红焰当帘幕四下时各处光影掩映。那种闪烁明艳，雅有古意，明明是画中景象，却含有更多诗的成分。另一种便是这初春晌午的阳光，到时候有意无意的大片子洒落满室，那些窗槛栏板几案笔砚浴在光蔼中，一时全成了静物图案；再有红蕊细枝点缀几处，室内更是轻香浮溢，叫人俯仰全触到一种灵性。

这种说法怕有点会发生误会，我并不说这片子阳光射入室内，需要笔砚花香那些儒雅的托衬才能动人，我的意思倒是：室内顶寻常的一些供设，只要一片阳光这样又幽娴又洒脱的落在上面，一切都会带上另一种动人的气息。

这里要说到我最初认识的一片阳光。那年我六岁，记得是刚刚出了水珠以后——水珠即寻常水痘，不过我家乡的话叫它做水珠。当时我很喜欢那美丽的名字，忘却它是一种病，因而也觉到一种神秘的骄傲。只要人过我窗口问问出"水珠"么？我就感到一种荣耀。那个感觉至今还印在脑子里。也为这个缘故，我还记得病中奢侈的愉悦心境。虽然同其他多次的害病一样，那次我仍然是孤独的被囚禁在一间房屋里休养的。那是我们老宅子里最后的一进房子；白粉墙围着小小院子，北面一排三间，当中夹着一个开敞的厅堂。我病在东头娘的卧室里。西头是婶婶的住房。娘同婶永远要在祖母的前院里行使她们女人们的职务的，于是我常是这三间房屋惟一留守的主人。

在那三间屋子里病着，那经验是难堪的。时间过得特别慢，尤其是在日中毫无睡意的时候。起初，我仅集注我的听觉在各种似脚步，又不似脚步的上面。猜想着，等候着，希望着人来。间或听听隔墙各种琐碎的声音，由墙基底下传达出来又消敛了去。过一会，我就不耐烦了——不记得是怎样的，我就跋着鞋，捱着木床走到房门边。房门向着厅堂斜斜的开着一扇，我便扶着门框好奇的向外探望。

那时大概刚是午后两点钟光景，一张刚开过饭的八仙桌，异常寂寞的立在当中。桌下一片由厅口处射进来的阳光，泄泄融融的倒在那里。一个绝对悄寂的周围伴着这一片无声的金色的晶莹，不知为什么，忽使我六岁孩子的心里起了一次极不平常的振荡。

那里并没有几案花香，美术的布置，只是一张极寻常的八仙桌。如果我的记忆没有错，那上面在不多时间以前，是刚陈列过咸鱼，酱菜一类极寻常俭朴的午餐。小孩子的心却呆了。或许两只眼睛倒张大一点，四处的望，似乎在寻觅一个问题的答案。为什么那片阳光美得那样动人？我记得我爬到房内窗前的桌子上坐着，有意无意的望望窗外，院里粉墙疏影同室内那片金色和煦绝然不同趣味。顺便我翻开手边娘梳妆用的旧式镜箱，又上下摇动那小排状抽屉，同那刻成花篮形的小铜坠子，不时听雀跃过枝清脆的鸟语。心里却仍为着那片阳光隐着一片模糊的疑问。

时间经过二十多年，直到今天，又是这样一泄阳光，一片不可捉摸，不可思议流动的而又恬静的瑰宝，我才明白我那问题是永远没有答案的。事实上仅是如此：一张孤独的桌，一角寂寞的厅堂。一只灵巧的镜箱，或窗外断续的鸟语，和水珠——那美丽小孩子的病名——便凑巧永远同初春静沉的阳光整整复斜斜的成了我回忆中极自然的联想。

诗歌

POEMS

"谁爱这不息的变幻"

谁爱这不息的变幻,她的行径?

催一阵急雨,抹一天云霞,月亮,

星光,日影,在在都是她的花样,

更不容峰峦与江海偷一刻安定。

骄傲的,她奉着那荒唐的使命:

看花放蕊树凋零,娇娃做了娘;

叫河流凝成冰雪,天地变了相;

都市喧哗,再寂成广漠的夜静!

虽说千万年在她掌握中操纵,

她不曾遗忘一丝毫发的卑微。

难怪她笑永恒是人们造的谎,

来抚慰恋爱的消失,死亡的痛。

但谁又能参透这幻化的轮回,

谁又大胆的爱过这伟大的变幻?

香山 四月十二日
初刊于1931年4月《诗刊》第2期

那一晚

那一晚我的船推出了河心,
澄蓝的天上托着密密的星。
那一晚你的手牵着我的手,
迷惘的星夜封锁起重愁。
那一晚你和我分定了方向,
两人各认取个生活的模样。

到如今我的船仍然在海面飘,
细弱的桅杆常在风涛里摇。
到如今太阳只在我背后徘徊,
层层的阴影留守在我周围。
到如今我还记着那一晚的天,
星光,眼泪,白茫茫的江边!
到如今我还想念你岸上的耕种:
红花儿黄花儿朵朵的生动。

那一天我希望要走到了顶层,
蜜一般酿出那记忆的滋润。

那一天我要挎上带羽翼的箭,

望着你花园里射一个满弦。

那一天你要听到鸟般的歌唱,

那便是我静候着你的赞赏。

那一天你要看到零乱的花影,

那便是我私闯入当年的边境!

初刊于 1931 年 4 月《诗刊》第 2 期,署名尺棰

仍然

你舒伸得像一湖水向着晴空里

白云,又像是一流冷涧澄清

许我循着林岸穷究你的泉源:

我却仍然怀抱着百般的疑心

对你的每一个映影!

你展开像个千瓣的花朵!

鲜妍是你的每一瓣,更有芳沁,

那温存袭人的花气,伴着晚凉:

我说花儿,这正是春的捉弄人,

来偷取人们的痴情!

你又学叶叶的书篇随风吹展,

揭示你的每一个深思;每一角心境,

你的眼睛望着,我,不断的在说话:

我却仍然没有回答,一片的沉静

永远守住我的魂灵。

初刊于1931年4月《诗刊》第2期,署名尺棰

笑

笑的是她的眼睛,口唇,

和唇边浑圆的漩涡。

艳丽如同露珠,

朵朵的笑向

贝齿的闪光里躲。

那是笑——神的笑，美的笑：

水的映影，风的轻歌。

笑的是她惺忪的鬈发，

散乱的挨着她耳朵。

轻软如同花影，

痒痒的甜蜜

涌进了你的心窝。

那是笑——诗的笑，画的笑：

云的留痕，浪的柔波。

初刊于 1931 年 9 月《新月诗选》

深夜里听到乐声

这一定又是你的手指，

轻弹着，

在这深夜，稠密的悲思；

我不禁颊边泛上了红，

静听着，

这深夜里弦子的生动。

一声听从我心底穿过，

忒凄凉

我懂得，但我怎能应和？

生命早描定她的式样，

太薄弱

是人们的美丽的想象。

除非在梦里有这么一天，

你和我

同来攀动那根希望的弦。

初刊于1931年9月《新月诗选》

情愿

我情愿化成一片落叶,
让风吹雨打到处飘零;
或流云一朵,在澄蓝天,
和大地再没有些牵连。

但抱紧那伤心的标帜,
去触遇没着落的怅惘;
在黄昏,夜半,蹑着脚走,
全是空虚,再莫有温柔;

忘掉曾有这世界;有你;
哀悼谁又曾有过爱恋;
落花似的落尽,忘了去
这些个泪点里的情绪。

到那天一切都不存留,
比一闪光,一息风更少
痕迹,你也要忘掉了我

曾经在这世界里活过。

初刊于 1931 年 9 月《新月诗选》

激昂

我要借这一时的豪放

和从容,灵魂清醒的

再喝一泉甘甜的鲜露,

来挥动思想的利剑,

舞它那一瞥最敏锐的

锋芒,像皑皑寒野的雪

在月的寒光下闪映,

喷吐冷激的辉艳;——斩,

斩断这时间的缠绵,

和猥琐网布的纠纷,

剖取一个无瑕的透明,

看一次你,纯美,

你的裸露的庄严。

……
　　然后踩登

任一座高峰，攀牵着白云

和锦样的霞光，跨一条

长虹，瞰临着澎湃的海，

在一穹匀净的澄蓝里，

书写我的惊讶与欢欣，

献出我最热的一滴眼泪，

我的信仰，至诚，和爱的力量，

永远膜拜，

膜拜在你美丽的面前！

　　　　　　　　　　五月，香山

　　初刊于1931年9月《北斗》创刊号

一首桃花

桃花，

那一树的嫣红，

像是春说的一句话：

朵朵露凝的娇艳,

是一些

玲珑的字眼,

一瓣瓣的光致,

又是些

柔的匀的吐息;

含着笑,

在有意无意间

生姿的顾盼。

看,——

那一颤动在微风里

她又留下,淡淡的,

在三月的薄唇边,

一瞥,

一瞥多情的痕迹!

二十年[24]五月　香山

初刊于 1931 年 10 月 5 日《诗刊》第 3 期

24　作者部分作品的所署年份为民国纪年,后不赘述。

莲灯

如果我的心是一朵莲花,

正中擎出一支点亮的蜡,

荧荧虽则单是那一剪光,

我也要它骄傲的捧出辉煌;

不怕它只是我个人的莲灯

照不见前后崎岖的人生——

浮沉它依附着人海的浪涛

明暗自成了它内心的秘奥。

单是那光一闪花一朵——

像一叶轻舸驶出了江河——

宛转它漂随命运的波涌

等候那阵阵风向远处推送。

算做一次过客在宇宙里,

认识这玲珑的生从容的死,

这飘忽的途程也就是个——

也就是个美丽美丽的梦。

廿一年七月半　香山
初刊于 1933 年 3 月 1 日《新月》第 4 卷第 6 期

中夜钟声

钟声
　敛住又敲散
　　一街的荒凉
听——
　那圆的一颗颗声响
　直沉下时间
　　　　静寂的
　　　　　咽喉。
　像哭泣，
　像哀恸，
将这僵黑的
中夜
　葬入
　那永不见曙星的
　　空洞——

轻——重，……
　——重——轻……

这摇曳的一声声，

　又凭谁的主意

　把那余剩的忧惶

随着风冷——

　　纷纷

　　　掷给还不成梦的

　　　　　人。

初刊于1933年3月1日《新月》第4卷第6期

山中一个夏夜

山中有一个夏夜，深得

像没有底一样；

黑影，松林密密的；

周围没有点光亮。

　对山闪着只一盏灯——两盏

　像夜的眼，夜的眼在看！

满山的风全蹑着脚

像是走路一样，

躲过了各处的枝叶

各处的草，不响。

  单是流水，不断的在山谷上

  石头的心，石头的口在唱。

均匀的一片静，罩下

  像张软垂的幔帐。

  疑问不见了，四角里

  模糊，是梦在窥探？

    夜像在祈祷，无声的在期望，

    幽馥的虔诚在无声里布漫。

初刊于1933年6月1日《新月》第4卷第7期

该诗现存手稿第三节为：

虫鸣织成那一片静，寂寞

像垂下的帐幔；

仲夏山林在内中睡着，幽香
四下里浮散。

    黑影枕着黑影，默默的
无声，
    夜的静，却有夜的耳在
听！

微光

街上没有光，没有灯，
店廊上一角挂着有一盏；
他和她把他们一家的运命
含糊的，全数交给这黯淡。

街上没有光，没有灯，
店窗上，斜角，照着有半盏。
合家大小朴实的脑袋，
并排儿，熟睡在土炕上。

外边有雪夜；有泥泞；

沙锅里有不够明日的米粮：
小屋，静守住这微光，
缺乏着生活上需要的各样。

缺的是把干柴；是杯水；麦面……
为这吃的喝的，本说不到信仰，——
生活已然，固定的，单靠气力，
在肩臂上边，来支持那生的胆量。

明天，又明天，又明天……
一切都限定了，谁还说希望，——
便使是做梦，在梦里，闪着，
仍旧是这一粒孤勇的光亮？

街角里有盏灯，有点光，
挂在店廊；照在窗槛；
他和她，把他们一家的运命
明白的，全数交给这凄惨。

二十二年九月

初刊于1933年9月27日《大公报·文艺副刊》第2期

秋天，这秋天

这是秋天，秋天，——

风还该是温软；

太阳仍笑着那微笑，

闪着金银；夸耀

他实在无多了的

最奢侈的早晚！

这里那里，在这秋天，

斑彩错置到各处

山野，和枝叶中间，

像醉了的蝴蝶，或是

珊瑚珠翠，华贵的失散，

缤纷降落到地面上。

这时候心得像歌曲；

由山泉的水光里闪动，

浮着珠沫，溅开

山石的喉嗓唱。

这时候满腔的热情

全是你的，秋天懂得，

秋天懂得那狂放,——
秋天爱的是那不经意
不经意的零乱!

但是秋天,这秋天,
他撑着梦一般的喜筵,
不为的是你的欢欣:
他撒开手,一掬缨络,
一把落花似的幻变,
还为的是那不定的
悲哀,归根儿蒂结住
在这人生的中心!
一阵萧萧的风,起自
昨夜西窗的外沿,
摇着梧桐树哭。——
起始你怀疑着:
荷叶还没有残败;
小划子停在水流中间;
夏夜的细语,夹着虫鸣,
还信得过仍然偎着

耳朵旁温甜；

但是梧桐叶带来桂花香，

已打到灯盏的光前。

一切都两样了，他闪一闪说，

只要一夜的风，一夜的幻变。

冷雾迷住我的两眼，

在这样的深秋里，

你又同谁争？现实的背面

是不是现实，荒诞的，

果属不可信的虚妄？

疑问抵不住单简的残酷，

再别要悯惜流血的哀惶，

趁一次里，要认清

造物更是摧毁的工匠。

信仰只一细炷香，

那点子亮再经不起西风

沙沙的隔着梧桐树吹！

如果你忘不掉，忘不掉

那同听过的鸟啼；

同看过的花好，信仰

该在过往的中间安睡。……

秋天的骄傲是果实，

不是萌芽，——生命不容你

不献出你积累的馨芳；

交出受过光热的每一层颜色；

点点沥尽你最难堪的酸怆。

　　　　　　　这时候，

切不用哭泣；或是呼唤；

更用不着闭上眼祈祷；

（向着将来的将来空等盼）

只要低低的，在静里，低下去

已困倦的头来承受，——承受

这叶落了的秋天，

听风扯紧了弦索自歌挽：

这秋，这夜，这惨的变换！

二十二年十一月中旬

初刊于 1933 年 11 月 18 日《大公报·文艺副刊》第 17 期

年关

那里来,又向那里去,
这不断,不断的行人,
奔波杂遝的,这车马?
红的灯光,绿的紫的,
织成了这可怕,还是
可爱的夜?高的楼影
渺茫天上,都象征些
什么现象?这嘈聒中
为什么又凝着这沉静;
这热闹里,会是凄凉?

这是年关,年关,有人
由街头走着,估计着,
孤另的影子斜映着。
一年,又是一年辛苦,
一盘子算珠的艰和难。
日中你敛住气,夜里,
你喘,一条街,一条街,

跟着太阳灯光往返,——
人和人,好比水在流,
人是水,两旁楼是山!

　一年,一年,
连年里,这穿过城市
胸腑的辛苦,成千万,
成千万人流的血汗,
才会造成了像今夜
这神奇可怕的灿烂!
看,街心里横一道影
灯盏上开着血印的花
夜在凉雾和尘沙中
进展,展进,许多口里
在喘着年关,年关……

二十三年废历除夕

初刊于1934年2月21日《大公报·文艺副刊》第43期

你是人间的四月天

——一句爱的赞颂

我说你是人间的四月天；

笑响点亮了四面风；轻灵

在春的光艳中交舞着变。

你是四月早天里的云烟，

黄昏吹着风的软，星子在

无意中闪，细雨点洒在花前。

那轻，那娉婷，你是，鲜妍

百花的冠冕你戴着，你是

天真，庄严，你是夜夜的月圆。

雪化后那片鹅黄，你像；新鲜

初放芽的绿，你是；柔嫩喜悦

水光浮动着你梦期待中白莲。

你是一树一树的花开，是燕

在梁间呢喃,——你是爱,是暖,
是希望[25],你是人间的四月天!

初刊于1934年5月《学文》第1卷第1期

忆

新年等在窗外,一缕香,
枝上刚放出一半朵红。
心在转,你曾说过的
几句话,白鸽似的盘旋。

我不曾忘,也不能忘
那天的天澄清的透蓝,
太阳带点暖,斜照在
每棵树梢头,像凤凰。

---

25 作者后将"希望"改作"诗的一篇"。

是你在笑，仰脸望，

多少勇敢话那天，你我

全说了，——像张风筝

向蓝穹，凭一线力量。

二十二年年岁终

初刊于1934年6月《学文》第1卷第2期

吊玮德

玮德，是不是那样，

你觉到乏了，有点儿

不耐烦，

并不为别的缘故

你就走了，

向着那一条路？

玮德你真是聪明；

早早的让花开过了

那顶鲜妍的几朵,

就选个这样春天的清晨,

挥一挥袖

对着晓天的烟霞

走去,轻轻的,轻轻的

背向着我们。

春风似的不再停住!

春风似的吹过,

你却留下

永远的那么一颗

少年人的信心;

少年的微笑

和悦的

洒落在别人的新枝上。

我们骄傲

你这骄傲

但你,玮德,独不惆怅

我们这一片

懦弱的悲伤?

黯淡是这人间

美丽不常走来

你知道。

歌声如果有，也只在

几个唇边旋转！

一层一层尘埃，

凄怆是各样的安排，

即使狂飙不起，狂飙不起，

这远近苍茫，

雾里狼烟，

谁还看见花开！

你走了，

你也走了，

尽走了，再带着去

那些儿馨芳，

那些个嘹亮，

明天再明天，此后

寂寞的平凡中

都让谁来支持？

一星星理想，难道

从此都空挂到天上？

玮德你真是个诗人

你是这般年轻，好像

天方放晓，钟刚敲响……

你却说倦了，有点儿

不耐烦忍心，

一条虹桥由中间拆断；

情愿听杜鹃啼唱，

相信有明月长照，

寒光水底能依稀映成

那一半连环

憬憧中

你诗人的希望！

玮德是不是那样

你觉得乏了，人间的怅惘

你不管；

莲叶上笑着展开

浮烟似的诗人的脚步。

你只相信天外那一条路？

廿四年五月十日　北平

本诗为作者悼念新月派诗人方玮德（1908—1935）所作

初刊于1935年6月《文艺月刊》第7卷第6期

灵感

是你，是花，是梦，打这儿过，

此刻像风在摇动着我：

告诉日子重叠盘盘的山窝；

清泉潺潺流动转狂放的河；

孤僻林里闲开着鲜妍花，

细香常伴着圆月静天里挂；

且有神仙纷纭的浮出紫烟，

衫裾飘忽映影在山溪前；

给人的理想和理想上

铺香花，叫人心和心合着唱；

直到灵魂舒展成条银河,

长长流在天上一千首歌!

是你,是花,是梦,打这儿过,

此刻像风,在摇动着我;

告诉日子是这样的不清醒;

当中偏响着想不到的一串铃。

树枝里轻声摇曳;金镶上翠,

低了头的斜阳,又一抹光辉。

难怪阶前人忘掉黄昏,脚下草,

高阁古松,望着天上点骄傲;

留下檀香,木鱼,合掌

在神龛前,在蒲团上,

楼外又楼外,幻想彩霞却缀成

凤凰栏杆,挂起了塔顶上灯!

二十四年十月 徽因作于北平
本诗作者生前未曾发表
初刊于1985年3月人民文学出版社出版的《林徽因诗集》

城楼上

你说什么?

鸭子,太阳,

城墙下那护城河?

——我?

我在想,

——不是不在听——

想怎样

从前,……

——

对了,

也是秋天!

你也曾去过,

你?那小树林?

还记得么;

山窝,红叶像火?

映影

湖心里倒浸,

那静?

天!……

(今天的多蓝,你看!)

白云,

像一缕烟。

谁又啰嗦?

你爱这里城墙,

古墓,长歌,

蔓草里开野花朵。

好,我不再讲

从前的,单想

我们在古城楼上

今天,——

白鸽,

(你准知道是白鸽?)

飞过面前。

二十四年十月

初刊于1935年11月8日《大公报·文艺副刊》第39期

深笑

是谁笑得那样甜,那样深,

那样圆转?一串一串明珠

大小闪着光亮,迸出天真!

清泉底浮动,泛流到水面上,

  灿烂,

分散!

是谁笑得好花儿开了一朵?

那样轻盈,不惊起谁。

细香无意中,随着风过,

拂在短墙,丝丝在斜阳前

  挂着

留恋。

是谁笑成这百层塔高耸,

让不知名鸟雀来盘旋?是谁

笑成这万千个风铃的转动,

  从每一层琉璃的檐边

摇上

云天?

初刊于1936年1月5日《大公报·文艺副刊》第27期

风筝

看,那一点美丽

会闪到天空!

几片颜色,

挟住双翅,

心,缀一串红。

飘摇,它高高的去,

逍遥在太阳边

太空里闪

一小片脸,

但是不,你别错看了

错看了它的力量,

天地间认得方向!

它只是

轻的一片,

一点子美

像是希望,又像是梦;

一长根丝牵住

天穹,渺茫——

高高推着它舞去,

白云般飞动,

它也猜透了不是自己,

它知道,知道是风!

正月十一日

初刊于1936年2月14日《大公报·文艺副刊》第39期

别丢掉

别丢掉

这一把过往的热情,

现在流水似的,

轻轻

在幽冷的山泉底,

在黑夜,在松林,

叹息似的渺茫,

你仍要保存着那真!

一样是月明,

一样是隔山灯火,

满天的星,

只使人不见,

梦似的挂起,

你问黑夜要回

那一句话——你仍得相信

山谷中留着

有那回音!

二十一年夏

初刊于1936年3月15日《大公报·文艺副刊》第110期

雨后天

我爱这雨后天,

这平原的青草一片!

我的心没底止的跟着风吹,

风吹:

吹远了草香,落叶,

吹远了一缕云,像烟——

像烟。

二十一年十月一日

初刊于1936年3月15日《大公报·文艺副刊》第110期

记忆

断续的曲子,最美或最温柔的

夜,带着一天的星。

记忆的梗上,谁不有

两三朵娉婷,披着情绪的花

无名的展开

野荷的香馥，

每一瓣静处的月明。

湖上风吹过，额发乱了，或是

水面皱起像鱼鳞的锦。

四面里的辽阔，如同梦

荡漾着中心彷徨的过往

不着痕迹，谁都

认识那图画，

沉在水底记忆的倒影！

二十五年二月

初刊于1936年3月22日《大公报·文艺副刊》第114期

静院

你说这院子深深的——

美从不是现成的。

这一掬静，

到了夜，你算，

就需要多少铺张？

月圆了残，叫卖声远了，

隔过老杨柳，一道墙，又转，

初一？凑巧谁又在烧香，……

离离落落的满院子，

不定是神仙走过，

仅是迷惘，像梦，……

窗槛外或者是暗的，

或透那么一点灯火。

这掬静，院子深深的

——有人也叫它做情绪——

情绪，好，你指点看

有不有轻风，轻得那样

没有声响，吹着凉？

黑的屋脊，自己的，人家的，

兽似的背耸着，又像

寂寞在嘶声的喊！

石阶,尽管沉默,你数,

多少层下去,下去,

是不是还得栏杆,斜斜的

双树的影去支撑?

对了,角落里边

还得有人低着头脸。

会忘掉又会记起,——会想,

——那不论——或者是

船去了,一片水,或是

小曲子唱得嘹亮;

或是枝头粉黄一朵,

记不得谁了,又向谁认错!

又是多少年前,——夏夜,

有人说:

"今夜,天,……"(也许是秋夜)

又穿过藤萝,

指着一边,小声的,"你看,

星子真多!"

草上人描着影子;

那样点头，走，

又有人笑，……

静，真的，你可相信

这平铺的一片——

不单是月光，星河，

雪和萤虫也远——

夜，情绪，进展的音乐，

如果慢弹的手指

能轻似蝉翼，

你拆开来看，纷纭，

那玄微的细网

怎样深沉的拢住天地，

又怎样交织成

这细致飘渺的彷徨！

二十五年一月

初刊于 1936 年 4 月 12 日《大公报·文艺副刊》第 122 期

无题

什么时候再能有

那一片静；

溶溶在春风中立着，

面对着山，面对着小河流？

什么时候还能那样

满掬着希望；

披拂新绿，耳语似的诗思，

登上城楼，更听那一声钟响？

什么时候，又什么时候，心

才真能懂得

这时间的距离；山河的年岁；

昨天的静，钟声，

昨天的人

怎样又在今天里划下一道影！

二十五年春四月

初刊于1936年5月3日《大公报·文艺副刊》第138期

题剔空菩提叶

认得这透明体,

智慧的叶子掉在人间?

消沉,慈静——

那一天一闪冷焰,

一叶无声的坠地,

仅证明了智慧寂寞

孤零的终会死在风前!

昨天又昨天,美

还逃不出时间的威严;

相信这里睡眠着最美丽的

骸骨,一丝魂魄月边留念,——

……

菩提树下清荫则是去年!

二十五年四月二十三日
初刊于1936年5月17日《大公报·文艺副刊》第146期

黄昏过泰山

记得那天

心同一条长河,

让黄昏来临,

月一片挂在胸襟。

如同这青黛山,

今天,

心是孤傲的屏障一面;

葱郁,

不忘却晚霞,

苍莽,

却听脚下风起,

来了夜——

初刊于1936年7月19日《大公报·文艺副刊》第182期

昼梦

昼梦

垂着纱,

无从追寻那开始的情绪

还未曾开花;

柔韧得像一根

乳白色的茎,缠住

纱帐下;银光

有时映亮,去了又来;

盘盘丝络

一半失落在梦外。

花竟开了,开了;

零落的攒集,

从容的舒展,

一朵,那千百瓣!

抖擞那不可言喻的

刹那情绪,

庄严峰顶——

天上一颗星……

   晕紫,深赤,

天空外旷碧,

是颜色同颜色浮溢,腾飞……

深沉,

又凝定——

悄然香馥,

袅娜一片静。

昼梦

垂着纱,

无从追踪的情绪

开了花;

四下里香深,

低覆着禅寂,

间或游丝似的摇移,

悠忽一重影;

悲哀或不悲哀

全是无名,

一闪娉婷。

二十五年暑中　北平

初刊于 1936 年 8 月 30 日《大公报·文艺副刊》第 206 期

八月的忧愁

黄水塘里游着白鸭,

高粱梗油青的刚高过头,

这跳动的心怎样安插,

田里一窄条路,八月里这忧愁?

天是昨夜雨洗过的,山岗

照着太阳又留一片影;

羊跟着放羊的转进村庄,

一大棵树荫下罩着井,又像是心!

从没有人说过八月什么话,

夏天过去了,也不到秋天。

但我望着田垄，土墙上的瓜，

仍不明白生活同梦怎样的连牵。

二十五年夏末

初刊于 1936 年 9 月 30 日《大公报·文艺副刊》第 224 期

过杨柳

反复的在敲问心同心，

彩霞片片已烧成灰烬，

街的一头到另一条路，

同是个黄昏扑进尘土。

愁闷压住所有的新鲜，

奇怪街边此刻还看见，

混沌中浮出光妍的纷纠，

死色楼前垂一棵杨柳！

廿五年十月

初刊于 1936 年 11 月 1 日《大公报·文艺副刊》第 241 期

冥思

心此刻同沙漠一样平，[26]

思想像孤独的一个阿拉伯人；

仰脸孤独的向天际望

落日远边奇异的霞光，

安静的，又侧个耳朵听

远处一串骆驼的归铃。

在这白色的周遭中，

一切像凝冻的雕形不动；

白袍，腰刀，长长的头巾，

浪似的云天，沙漠上风！

偶有一点子振荡闪过天线，

残霞边一颗星子出现。

二十五年夏末

初刊于1936年12月13日《大公报·文艺副刊》第265期

26　此句作者后改为"此刻胸前同沙漠一样平"。

空想

终日的企盼企盼正无着落,——
太阳穿窗棂影,种种花样。
暮秋梦远,一首诗似的寂寞,
真怕看光影,花般洒在满墙。

日子悄悄的仅按沉吟的节奏,
尽打动简单曲,像钟摇响。
不是光不流动,花瓣子不点缀时候,
是心漏却忍耐,厌烦了这空想!

初刊于1936年12月《新诗》第3期时与《你来了》《"九一八"闲走》《藤花前——独过静心斋》《旅途中》并题为《空想(外四章)》

你来了

你来了,画里楼阁立在山边,
交响曲,由风到风,草青到天!

阳光投多少个方向,谁管?你,我

如同画里人,掉回头,便就不见!

你来了,花开到深深的深红;

绿萍遮住池塘上一层晓梦,

鸟唱着,树梢交织起细细枝柯,——白云

却是我们,悠忽翻过好几重天空!

一九三四
初刊于1936年12月《新诗》第3期时为
《空想(外四章)》的"外四章"之一

本诗最后两句后被作者改为:

鸟唱着,树梢头织起细细枝柯——白云
却是我们,翻过好几重天空!

"九一八"闲走

天上今早盖着两层灰，

地上一堆黄叶在徘徊；

惘惘的是我跟着凉风转，

荒街小巷，蛇鼠般追随！

我问秋天，秋天似也疑问我：

在这尘沙中又挣扎些什么，

黄雾扼住天的喉咙，

处处仅剩情绪的残破？

但我不信热血不仍在沸腾，

思想不仍铺在街上多少层；

甘心让来往车马狠命的轧压，

待从地面开花，另来一种完整。

　　　　　初刊于1936年12月《新诗》第3期
　　　　时为《空想（外四章）》的"外四章"之二

藤花前

——独过静心斋

紫藤花开了

轻轻的放着香,

没有人知道……

紫藤花开了

轻轻的放着香,

没有人知道。

楼不管,曲廊不作声,

蓝天里白云行去,

池子一脉静;

水面散着浮萍,

水底下挂着倒影。

紫藤花开了

没有人知道!

蓝天里白云行去,

小院,

无意中我走到花前。

轻香，风吹过

花心，

风吹过我，——

望着无语，紫色点。

    初刊于1936年12月《新诗》第3期
    时为《空想（外四章）》的"外四章"之三

旅途中

我卷起一个包袱走，

过一个山坡子松，

又走过一个小庙门，

在早晨最早的一阵风中。

我心里没有埋怨，人或是神；

天底下的烦恼，连我的

拢总，

像已交给谁去，……

前面天空。

山中水那样清,

山前桥那么白净,——

我不知道造物者认不认得

自己图画;

乡下人的笠帽,草鞋,

乡下人的性情。

    暑中在山东乡间步行 二十五年夏
    初刊于1936年12月《新诗》第3期
    时为《空想(外四章)》的"外四章"之四

红叶里的信念

年年不是要看西山的红叶,

谁敢看西山红叶?不是

要听异样的鸟鸣,停在

那一个静幽的树枝头,

是脚步不能自己的走——
走，迈向理想的山坳子
寻觅从未曾寻着的梦：
一茎梦里的花，一种香，
斜阳四处挂着，风吹动，
转过白云，小小一角高楼。

钟声已在脚下，松同松
并立着等候，山野已然
百般渲染豪侈的深秋。
梦在那里，你的一缕笑，
一句话，在云浪中寻遍
不知落到那一处？流水已经
渐渐的清寒，载着落叶
穿过空的石桥，白栏杆，
叫人不忍再看，红叶去年
同踏过的脚迹火一般。
好，抬头，这是高处，心卷起
随着那白云浮过苍茫，
别计算在那里驻脚，去，

二　诗歌

相信千里外还有霞光，
像希望，记得那烟霞颜色，
就不为编织美丽的明天，
为此刻空的歌唱，空的
凄恻，空的缠绵，也该放
多一点勇敢，不怕连牵
斑驳金银般旧积的创伤！

再看红叶每年，山重复的
流血，山林，石头的心胸
从不倚借梦支撑，夜夜
风像利刃削过大土壤，
天亮时沉默焦灼的唇，
忍耐的仍向天蓝，呼唤
瓜果风霜中完成，呈光彩，
自己山头流血，变坟台！
平静，我的脚步，慢点儿去，
别相信谁曾安排下梦来！
一路上枯枝，鸟不曾唱，
小野草香风早不是春天。

停下！停下！风同云，水同
水藻全叫住我，说梦在
背后，蝴蝶秋千理想的
山坳同这当前现实的
石头子路还缺个牵连！
愈是山中奇妍的黄月光
挂出树尖，愈得相信梦，
梦里斜晖一茎花是谎！

但心不信！空虚的骄傲
秋风中旋转，心仍叫喊
理想的爱和美，同白云
角逐；同斜阳笑吻；同树，
同花，同香，乃至同秋虫
石隙中悲鸣，要携手去；
同奔跃嬉游水面的青蛙，
盲目的再去寻盲目日子，——
要现实的热情另涂图画，
要把满山红叶采作花！

这萧萧瑟瑟不断的呜咽，
掠过耳鬓也还卷着温存，
影子在秋光中摇曳，心再
不信光影外有串疑问！
心仍不信，只因是午后，
那片竹林子阳光穿过
照暖了石头，赤红小山坡，
影子长长两条，你同我
曾经参差那亭子石路前，
浅碧波光老树干旁边！

生命中的谎再不能比这把
颜色更鲜艳！记得那一片
黄金天，珊瑚般玲珑叶子
秋风里挂，即使自己感觉
内心流血，又怎样个说话？
谁能问这美丽的后面
是什么？赌博时，眼闪亮，
从不悔那猛上孤注的力量；
都说任何苦痛去换任何一分，

一毫,一个纤微的理想!

所以脚步此刻仍在迈进,
不能自已,不能停!虽然山中
一万种颜色,一万次的变,
各种寂寞已环抱着孤影;
热的减成微温,温的又冷,
焦黄叶压踏在脚下碎裂,
残酷的散排昨天的细屑,
心却仍不问脚步为甚固执,
那寻不着的梦中路线,——
仍依恋指不出方向的一边!

西山,我发誓的,指着西山,
别忘记,今天你,我,红叶,
连成这一片血色的伤怆!
知道我的日子仅是匆促的
几天,如果明年你同红叶
再红成火焰,我却不见,……
深紫,你山头须要多添

一缕抑郁热情的象征,

记下我曾为这山中红叶,

今天流血的存一堆信念!

初刊于 1937 年 1 月《新诗》第 4 期

山中

紫色山头抱住红叶,将自己影射在山前,

人在小石桥上走过,渺小的追一点子想念。

高峰外云深蓝天里镶白银色的光转,

用不着桥下黄叶,人在泉边,才记起夏天!

也不因一个人孤独的走路,路更蜿蜒,

短白墙房舍像画,仍画在山坳另一面,

只这丹红叶叶替代人记忆失落的层翠,

深浅围抱这同一个山头,惆怅如薄层烟。

山中斜长条青影,如今红萝乱在四面,

百万落叶火焰在寻觅山石荆草边,

当时黄月下共坐天真的青年人情话，相信

那三两句长短，星子般仍挂秋风里不变。

廿五年秋

初刊于 1937 年 1 月 29 日《大公报·文艺副刊》第 292 期

静坐

冬有冬的来意，

寒冷像花，——

花有花香，冬有回忆一把。

一条枯枝影，青烟色的瘦细，

在午后的窗前拖过一笔画；

寒里日光淡了，渐斜……

就是那样的

像待客人说话

我在静沉中默啜着茶。

二十五年冬十一月

初刊于 1937 年 1 月 31 日《大公报·文艺副刊》第 293 期

十月独行

像个灵魂失落在街边,

我望着十月天上十月的脸,

我向雾里黑影上涂热情

悄悄的看一团流动的月圆。

我也看人流着流着过去,来回

黑影中冲着波浪翻星点

我数桥上栏杆龙样头尾

像坐一条寂寞船,自己拉纤。

我像哭,像自语。我更自己抱歉!

自己焦心,同情,一把心紧似琴弦,——

我说哑的,哑的琴我知道,一出曲子

未唱,幻望的手指终未来在上面?

初刊于 1937 年 3 月 7 日《大公报·文艺副刊》第 307 期

时间

人间的季候永远不断在转变

春时你留下多处残红,翩然辞别,

本不想回来时同谁叹息秋天!

现在连秋云黄叶又已失落去

辽远里,剩下灰色的长空一片

透彻的寂寞,你忍听冷风独语?

初刊于 1937 年 3 月 14 日《大公报·文艺副刊》第 310 期

古城春景

时代把握不住时代自己的烦恼,——

轻率的不满,就不叫它这时代牢骚——

偏又流成愤怨,聚一堆黑色的浓烟

喷出烟囱,那矗立的新观念,在古城楼对面!

怪得这嫩灰色一片，带疑问的春天

要泥黄色风沙，顺着白洋灰街沿，

再低着头去寻觅那已失落了的浪漫

到蓝布棉帘子，万字栏杆，仍上老店铺门槛？

寻去，不必有新奇的新发现，旧有保障

即使古老些，需要翡翠色甘蔗做拐杖

来支撑城墙下小果摊，那红鲜的冰糖葫芦

仍然光耀，串串如同旧珊瑚，还不怕新时代的尘土。

二十六年春　北平

初刊于 1937 年 4 月《新诗》第 2 卷第 1 期

日子

优闲的仰着脸

望：

日子同这没有云的天

能不能永远？

又想：

（不敢低头）

疑问同风吹来时，

影子会不会已经

伸得很长，

寂寞的横在

衰柔的青草上？

刊于 1937 年 4 月《好文章》"诗选"专栏

前后

河上不沉默的船

载着人过去了；

桥——三环洞的桥基，

上面再添了足迹；

早晨，

早又到了黄昏，

这赓续

绵长的路……

不能问谁

想望的终点,——

没有终点

这前面。

背后,

历史是片累赘!

初刊于1937年5月16日《大公报·文艺副刊》第336期

去春

不过是去年的春天,花香,

红白的相间着一条小曲径,

在今天这苍白的下午,再一次登山

回头看,小山前一片松风

就吹成长长的距离,在自己身旁。

人去时，孔雀绿的园门，白丁香花，

相伴着动人的细致，在此时，

又一次湖水将解的季候，已全变了画。

时间里悬挂，迎面阳光不来，

就是来了也是斜抹一行沉寂记忆，树下。

初刊于1937年8月1日《文学杂志》第1卷第4期

除夕看花

新从嘈杂着异乡口调的花市上买来，

碧桃雪白的长枝，同红血般的山茶花。

着自己小角隅再用精致鲜艳来结采，

不为着锐的伤感，仅是钝的还有剩余下！

明知道房里的静定，像弄错了季节，

气氛中故乡失得更远些，时间倒着悬挂；

过年也不像过年，看出灯笼在燃烧着点点血，

帘垂花下已记不起旧时热情，旧日的话。

如果心头再旋转着熟识旧时的芳菲，

模糊如条小径越过无数道篱笆，

纷纭的花叶枝条，草看弄得人昏迷，

今日的脚步，再不甘重踏上前时的泥沙。

月色已冻住，指着各处山头，河水更零乱，

关心的是马蹄平原上辛苦，无响在刻画，

除夕的花已不是花，仅一句言语梗在这里，

抖战着千万人的忧患，每个心头上牵挂。

初刊于 1939 年 6 月 28 日香港《大公报·文艺副刊》，署名灰因

春天田里漫步

春天田里，慢慢的，有花开，

有人说是忧愁，——

有人说不是：人生仅有

无谓的空追求！

那么是寂寞了,诗意的悲哀

心这样悠悠;

　　古今仍是一样,

　　河水缓缓的流。

青青草原,新才追到眼前,

有人说是春风,——

有人说不是:季候正逢

情感的天空,

或许是自己呢,怀念远边,

心这样吹动?

　　古今永远不变,

　　春日迟迟中红。

　　　　　一九四〇　四川李庄上题初病后

初刊于1948年7月25日《平明日报·星期艺文》第66期

孤岛

遥望它是充满画意的山峰,

远立在河心里高傲的凌耸,

可怜它只是不幸的孤岛,——天然没有埝堤,

人工没搭座虹桥。

它同它的映影永为周围水的囚犯;

陆地于它,是达不到的希望!

早晚寂寞它常将小舟挽住,

风雨时节任江雾把自己隐去。

晴天它挺着小塔,玲珑独对云心;

盘盘石阶,由钟声松林中,超出安静。

特殊的轮廓它苦心孤诣做成,

漠漠大地又那里去找一点同情?

初刊于 1947 年 1 月 4 日天津《益世报·文学周刊》第 22 期

死是安慰

个个连环,永打不开,
生是个结,又是个结!
　　死的实在,
　　　　一朵云彩。

一根绳索,永远牵住,
生是张风筝,难得飘远,
　　死是江雾,
　　　　迷茫飞去!

长条旅程,永在中途,
生是脚步,泥般沉重,——
　　死是尽处,
　　　　不再辛苦。

一曲溪涧,日夜流水,
生是种奔逝,永在离别!

死只一回,

　　它是安慰。

初刊于1947年1月4日天津《益世报·文学周刊》第22期

给秋天

正与生命里一切相同,

我们爱得太是匆匆;

好像只是昨天,

你还在我的窗前!

笑脸向着晴空

你的林叶笑声里染红

你把黄光当金子般散开

稚气,豪侈,你没有悲哀。

你的红叶是亲切的牵绊,那零乱

每早必来缠住我的晨光。

我也吻你，不顾你的背影隔过玻璃窗！

你常淘气的闪过，却不对我忸怩。

可是我爱得多么疯狂，

竟未觉察凄厉的夜晚

已在背后尾随，——

等候着把你残忍的摧毁！

一夜呼号的风声

果然没有把我惊醒，

等到太晚的那个早晨

啊。天！你已经不见了踪影。

我苛刻的咒诅自己，

但现在有谁走过这里，

除却严冬铁样长脸

阴霾中，偶然一见。

初刊于1947年5月4日《大公报·星期文艺》第30期

人生

人生,
你是一支曲子,
我是歌唱的;

你是河流
我是条船,一片小白帆
我是个行旅者的时候,
你,田野,山林,峰峦。

无论怎样,
颠倒密切中牵连着
你和我,
我永从你中间经过;

我生存,
你是我生存的河道,
理由同力量。
你的存在

则是我胸前心跳里

五色的绚彩

但我们彼此交错

并未彼此留难。

……

现在我死了,

你,——

我把你再交给他人负担!

初刊于1947年5月4日《大公报·星期文艺》第30期

展缓

当所有的情感

都并入一股哀怨

如小河,大河,汇向着

无边的大海,——不论

怎么冲击,怎样盘旋,——

那河上劲风,大小石卵,

所做成的几处逆流

小小港湾，就如同

那生命中，无意的宁静

避开了主流；情绪的

平波越出了悲愁。

停吧，这奔驰的血液；

它们不必全然废弛的

都去造成眼泪。

不妨多几次辗转，溯回流水，

任凭眼前这一切撩乱，

这所有，去建筑逻辑。

把绝望的结论，稍稍

迟缓，拖延时间，——

拖延理智的判断，——

会再给纯情感一种希望！

初刊于1947年5月4日《大公报·星期文艺》第30期

六点钟在下午

用什么来点缀

六点钟在下午?

六点钟在下午

点缀在你生命中,

仅有仿佛的灯光,

褪败的夕阳,窗外

一张落叶在旋转!

用什么来陪伴

六点钟在下午?

六点钟在下午

陪伴着你在暮色里闲坐,

等光走了,影子变换,

一支烟,为小雨点

继续着,无所盼望!

初刊于1948年2月22日《经世日报·文艺周刊》第58期

昆明即景

一 茶铺

这是立体的构画,
　　描在这里许多样脸
在顺城脚的茶铺里
　　隐隐起喧腾声一片。

各种的姿势,生活
　　刻划着不同方面:
茶座上全坐满了,笑的,
　　皱眉的,有的抽着旱烟。

老的,慈祥的面纹,
　　年轻的,灵活的眼睛,
都暂要时间茶杯上
　　停住,不再去扰乱心情!

　　一天一整串辛苦,

此刻才赚回小把安静,

夜晚回家,还有远路,

  白天,谁有工夫闲看云影?

不都为着真的口渴,

  四面窗开着,喝茶,

跷起膝盖的是疲乏,

  赤着臂膀好同乡邻闲话。

也为了放下扁担同肩背

  向运命喘息,倚着墙,

每晚靠这一碗茶的生趣

  幽默估量生的短长……

这是立体的构画,

  设色在小生活旁边,

荫凉南瓜棚下茶铺,

  热闹照样的又过了一天!

二 小楼

张大爹临街的矮楼[27]，

半藏着，半挺着，立在街头，

瓦覆着它，窗开一条缝，

夕阳染红它，如写下古远的梦。

矮檐上长点草，也结过小瓜，

破石子路在楼前，无人种花，

是老坛子，瓦罐，大小的相伴；

尘垢列出许多风趣的零乱。

但张大爹走过，不吟咏它好；

大爹自己（上年纪了）不相信古老。

他拐着杖常到隔壁沽酒，

宁愿过桥，土堤去看新柳！

初刊于 1948 年 2 月 22 日《经世日报·文艺周刊》第 58 期

---

27 初稿中"张大爹临街的矮楼"为"那上七下八临街的矮楼"。昆明旧式民居典型制式为底楼高八尺、二层高七尺。

一串疯话

好比这树丁香,几枝山红杏,

相信我的心里留着有一串话,

绕着许多叶子,青青的沉静,

风露日夜,只盼五月来开开花!

如果你是五月,八月里为我吹开

蓝空上霞彩,那样子来了春天,

忘掉腼腆,我定要转过脸来,

把一串疯话全说在你的面前!

初刊于1948年2月22日《经世日报·文艺周刊》第58期

小诗(一)

感谢生命的讽刺嘲弄着我,

会唱的喉咙哑成了无言的歌。

一片轻纱似的情绪,本是空灵,

二 诗歌

现时上面全打着拙笨补钉。

肩头上先是挑起两担云彩，
带着光辉要在从容天空里安排；
如今黑压压沉下现实的真相，
灵魂同饥饿的脊梁将一起压断！

我不敢问生命现在人该当如何
喘气！经验已如旧鞋底的穿破，
这纷歧道路上，石子和泥土模糊，
还是赤脚方便，去认取新的辛苦。

1947年写于北平

本诗及后面的《小诗》（二）初刊时合为《小诗》一首中的（一）（二）两部分。《小诗》及后面的《恶劣的心绪》《写给我的大姊》《一天》《对残枝》《对北门街园子》《十一月的小村》《忧郁》《哭三弟恒——三十年空战阵亡》共九首写于不同时间地点的诗，曾以《病中杂诗九首》为题集合发表在1948年5月《文学杂志》第2卷第12期

小诗（二）

小蚌壳里有所有的颜色；

整一条虹藏在里面。

绚彩的存在是他的秘密，

外面没有夕阳，也不见雨点。

黑夜天空上只一片渺茫；

整宇宙星斗那里闪亮，

远距离光明如无边海面，

是每小粒晶莹，给了你方向。

恶劣的心绪

我病中，这样缠住忧虑和烦扰，

好像西北冷风，从沙漠荒原吹起，

逐步吹入黄昏街头巷尾的垃圾堆；

在霉腐的琐屑里寻讨安慰，

自己在万物消耗以后的残骸中惊骇，

又一点一点给别人扬起可怕的尘埃!

吹散记忆正如陈旧的报纸飘在各处彷徨,
破碎支离的记录只颠倒提示过去的骚乱。
多余的理性还像一只饥饿的野狗
那样追着空罐同肉骨,自己寂寞的追着
咬嚼人类的感伤;生活是什么都还说不上来,
摆在眼前的已是这许多渣滓!

我希望:风停了;今晚情绪能像一场小雪,
沉默的白色轻轻降落地上;
雪花每片对自己和他人都带一星耐性的仁慈,
一层一层把恶劣残破和痛苦的一起掩藏;
在美丽明早的晨光下,
焦心暂不必再有,——
绝望要来时,索性是雪后残酷的寒流!

三十六年十二月　病中动手术前

写给我的大姊

当我去了，还有没说完的话，
好像客人去后杯里留下的茶；
说的时候，同喝的机会，都已错过，
主客黯然，可不必再去惋惜它。
如果有点感伤，你把脸掉向窗外，
落日将尽时，西天上，总还留有晚霞。

一切小小的留恋算不得罪过，
将尽未尽的衷曲也是常情。
你原谅我有一堆心绪上的闪躲，
黄昏时承认的，否认等不到天明；
有些话自己也还不曾说透，
他人的了解是来自直觉的会心。

当我去了，还有没说完的话，
像钟敲过后，时间在悬空里暂挂，
你有理由等待更美好的继续；
对忽然的终止，你有理由惧怕。

但原谅吧,我的话语永远不能完全,
亘古到今情感的矛盾做成了嘶哑。

1946年写于昆明

一天

今天十二个钟头,

是我十二个客人,

每一个来了,又走了,

最后夕阳拖着影子也走了!

我没有时间盘问我自己胸怀,

黄昏却蹑着脚,好奇的偷着进来!

我说:朋友,这次我可不对你诉说啊,

每次说了,伤我一点骄傲。

黄昏黯然,无言的走开,

孤单的,沉默的,我投入夜的怀抱!

三十一年春　李庄

对残枝

梅花你这些残了后的枝条,
是你无法诉说的哀愁!
今晚这一阵雨点落过以后,
我关上窗子又要同你分手。

但我幻想夜色安慰你伤心,
下弦月照白了你,最是同情,
我睡了,我的诗记下你的温柔,
你不妨安心放芽去做成绿荫。

对北门街园子

别说你寂寞;大树拱立,
草花烂漫,一个园子永远
睡着;没有脚步的走响。

你树梢盘着飞鸟,每早云天

吻你额前,每晚你留下对话

正是西山最好的夕阳。

1946 年写于昆明

十一月的小村

我想象我在轻轻的独语:

十一月的小村外是怎样个去处?

是这渺茫江边淡泊的天;

是这映红了的叶子疏疏隔着雾;

是乡愁,是这许多说不出的寂寞;

还是这条独自转折来去的山路?

是村子迷惘了,绕出一丝丝青烟;

是那白沙一片篁竹围着的茅屋?

是枯柴爆裂着灶火的声响,

是童子缩颈落叶林中的歌唱?

是老农随着耕牛,远远过去,

还是那坡边零落在吃草的牛羊?

是什么做成这十一月的心，

十一月的灵魂又是谁的病？

山坳子叫我立住的仅是一面黄土墙；

下午透过云霾那点子太阳！

一棵野藤绊住一角老墙头，斜睨

两根青石架起的大门，倒在路旁

无论我坐着，我又走开，

我都一样心跳；我的心前

虽然烦乱，总像绕着许多云彩，

但寂寂一湾水田，这几处荒坟，

它们永说不清谁是这一切主宰

我折一根柱枝，看下午最长的日影

要等待十一月的回答微风中吹来。

　　　　　　　　三十三年初冬　李庄

忧郁

忧郁自然不是你的朋友；
但也不是你的敌人，你对他不能冤屈！
他是你强硬的债主，你呢？是
把自己灵魂压给他的赌徒。

你曾那样拿理想赌博，不幸
你输了；放下精神最后保留的田产，
最有价值的衣裳，然后一切你都
赔上，连自己的情绪和信仰，那不是自然？

你的债权人他是，那么，别尽问他脸貌
到底怎样！呀天，你如果一定要看清
今晚这里有盏小灯，灯下你无妨同他
面对面，你是这样的绝望，他是这样无情！

1944年写于李庄

哭三弟恒

——三十年[28]空战阵亡

弟弟，我没有适合时代的语言

来哀悼你的死；

它是时代向你的要求，

简单的，你给了。

这冷酷简单的壮烈是时代的诗

这沉默的光荣是你。

假使在这不可免的真实上

多给了悲哀，我想呼喊，

那是——你自己也明了——

因为你走得太早，

太早了，弟弟，难为你的勇敢，

机械的落伍，你的机会太惨！

---

28 三十年，指民国三十年（1941年）。

三年了，你阵亡在成都上空，
这三年的时间所做成的不同，
如果我向你说来，你别悲伤，
因为多半不是我们老国，
而是他人在时代中辗动，
我们灵魂流血，炸成了窟窿。

我们已有了盟友，物资同军火，
正是你所曾经希望过。
我记得，记得当时我怎样同你
讨论又讨论，点算又点算，
每一天你是那样耐性的等着，
每天却空的过去，慢得像骆驼！

现在驱逐机已非当日你最想望
驾驶的"老鹰式七五"那样——
那样笨，那样慢，啊，弟弟不要伤心，
你已做到你们所能做的，
别说是谁误了你，是时代无法衡量，
中国还要上前，黑夜在等天亮。

弟弟，我已用这许多不美丽言语

算是诗来追悼你，

要相信我的心多苦，喉咙多哑，

你永不会回来了，我知道，

青年的热血作了科学的代替；

中国的悲怆永沉在我的心底。

啊，你别难过，难过了我给不出安慰。

我曾每日那样想过了几回：

你已给了你所有的，同你去的弟兄

也是一样，献出你们的生命；

已有的年轻一切；将来还有的机会，

可能的壮年工作，老年的智慧；

可能的情爱，家庭，儿女，及那所有

生的权利，喜悦；及生的纷纠！

你们给的真多，都为了谁？你相信

今后中国多少人的幸福要在

你的前头，比自己要紧；那不朽

中国的历史,还需要在世上永久。

你相信,你也做了,最后一切你交出。
我既完全明白,为何我还为着你哭?
只因你是个孩子却没有留什么给自己,
小时我盼着你的幸福,战时你的安全,
今天你没有儿女牵挂需要抚恤同安慰,
而万千国人像已忘掉,你死是为了谁!

三十三年　李庄

桥

他的使命:
　　南北两岸莽莽两条路的携手;
他的完成
　　不挡江月东西,船只上下的交流;
他的肩背
　　坚定的让脚步上面经过,找各人的路去;

他的胸怀,

　　虚空的环洞,不把江心洪流堵住。

他是座桥:

　　一条大胆的横梁,立脚于茫茫水面;
一堆泥石,

　　辛苦堆积或造形的完美,在自然上边;
一掬理智,

　　适应无数的神奇,支持立体的纪念;
一次人工,

　　矫正了造化的疏忽,将隔绝的重新牵连!

他是座桥,

　　看那平衡两排如同静思的栏杆;
他的力量,

　　两座桥墩下,多粗壮的石头镶嵌;
他的忍耐,

　　容每道车辙刻入脚印已磨光的石板;
他的安闲,

　　岁月增进,让钓翁野草随在身旁。

他的美丽,

  如同山月的锁钥,正见出人类的匠心;

他的心灵,

  浸入寒波,在一钩倒影里续成圆形。

他的存在,

  却不为嬉戏的闲情——而为责任;

他的理想,

  该寄给人生的行旅者一种虔诚。

三十六年六月

初刊于1948年8月2日天津《益世报·文学周刊》第103期

我们的雄鸡

我们的雄鸡从没有以为

  自己是孔雀

自信他们鸡冠已够他

  仰着头漫步——

一个院子他绕上了一遍

　　仪表风姿

都在群雌的面前!

我们的雄鸡从没有以为

　　自己是首领

晓色里他只扬起他的呼声

　　这呼声叫醒了别人

他经济的保留这种叫喊

　　（保留那规则）

于是便象征了时间!

　　　　　　　　　　一九四八年二月十八日　清华

本诗作者生前未曾发表，初刊于1992年5月人民文学出版社与香港生活·读书·新知三联书店分别出版的《中国现代作家选集·林徽因》

古城黄昏

我见到古城在斜阳中凝神；

城楼望着城楼，

忘却中间一片黄金的殿顶；

十条闹街还散在脚下，

虫蚁一样有无数行人。

我见到古城在黄昏中凝神；

乌鸦噪聒的飞旋，

废苑古柏在困倦中支撑。

无数坛庙寂寞与荒凉，

锁起一座一座剥落的殿门。

我听到古城在薄暮中语：

僧寺消寂，熄了香火；

钟声沉下，市声里失去；

车马不断扬起年代的尘土，

到处风沙叹息着历史。

初刊于1948年8月2日天津《益世报·文学周刊》第103期

诗
—— 自然的赠与

花刺是花的幽默,

颜色,她的不谨慎。

花香是她留给你的友谊;

她残了,委曲里没有恨。

星光赠你的是冷!

夜深时你会暖□,

满天闪烁整宇宙智慧,

她们愿意照入你的心灵。

湖上微风是同你微笑,

她爱湖水情绪的激动。

绿苹,水藻,蜻蜓,和一切闲情,

你爱水底倒映认真的晴空。

红叶树林是秋天的火焰,

终要烧成焦燥同凋零,

让她铺着山径为你的散步,
盼你踏着忧愁给草木同情。

自然这样默默的赠与;
种种的暗示都是安慰。
美丽对你永远慷慨,
你的情绪要从湖上面映回。

初刊于1948年9月5日《平明日报·星期艺文》

破晓

木格子窗上,支支哑哑的响。
泻向薄冰的纸上,一层微光。
早晨的睡眼见不到一点温暖
你同熄了的炉火应在留恋昨晚。

忽然钟声由冻骤的空中敲出,
悠扬的击节,寒花开在山谷!

这时，任何的梦该卷起，好好收藏

又一天的日子已迈过你的窗栏。

三六，冬至，平 西郊

初刊于 1948 年 9 月 5 日《平明日报·星期艺文》

书信

LETTERS

致胡适

1927年2月6日

适之先生：

也许你很诧异这封唐突的来信，但是千万请你原谅。你到美的消息传到一个精神充军的耳朵里，这不过是个很自然的影响。

我这两年多的渴想北京和最近惨酷的遭遇给我许多烦恼和苦痛。我想你一定能够原谅我对于你到美的踊跃。我愿意见着你，我愿意听到我所狂念的北京的声音和消息，你不以为太过吧？

纽约离此很近，我们有希望欢迎你到费城来么？哥伦比亚演讲一定很忙，不知周末可以走动不？

这二月底第三或第四周末有空否，因为那时彭校[29]新创的教育会有个演讲托找中国 speaker[30]。胡先生若可以来费，可否答

---

29 彭校，即宾夕法尼亚大学。林徽因于1924年9月至1927年夏在该校美术学院学习。
30 speaker，讲演人。

应当那晚的 speaker？本来这会想不要紧的，不该劳动大驾，只因因此我们可以聚会晤谈，所以函问。

若是月底太忙不能来费，请即示知，以便早早通知该会Dr.G.H.Minnich 会长。过些时候我也许可以到纽约来拜访。

很不该这样唐突打扰，但是——原谅。

徽音上

二月六日 费城

致胡适

1927 年 3 月 15 日

适之先生：

我真不知道怎样谢谢你这次的 visit[31] 才好！星五那天我看你从早到晚不是说话便是演讲真是辛苦极了。第二天一清早我想着你又在赶路到华京[32]去，着实替你感着疲劳。希望你在华京从容一点，稍稍休息过来。

那天听讲的人都高兴得了不得。那晚，饭后我自己只觉得有万千的感触。倒没有向你道谢。要是道谢的话，"谢谢"两字真是太轻了。不能达到我的感激。一个小小的教育会把你辛苦了足三天，真是！

你的来费给我好几层的安慰，老实说当我写信去请你来时实在有些怕自己唐突，就是那天见了你之后也还有点不自在。

---

31 visit，访问。
32 华京，指美国首都华盛顿。

但是你那老朋友的诚意温语立刻把我 put at ease[33] 了。

你那天所谈的一切——宗教，人事，教育到政治——我全都忘不了的，尤其是"人事"；一切的事情我从前不明白，现在已经清楚了许多。就还有要说要问的，也就让他们去，不说不问了。"让过去的算过去的"，这是志摩的一句现成话。

大概在你回国以前我不能到纽约来了，如果我再留美国一年的话，大约还有一年半我们才能再见了。适之先生，我祝你一切如意快乐和健康。回去时看见朋友们替我候候，请你告诉志摩，我这三年来寂寞受够了，失望也遇多了，现在倒能在寂寞和失望中得着自慰和满足。告诉他我绝对的不怪他，只有盼他原谅我从前的种种的不了解。但是路远隔膜，误会是所不免的，他也该原谅我。我昨天把他的旧信一一翻阅了，旧的志摩我现在真真透彻的明白了，但是过去的算过去，现在不必重提了，我只永远记念着。

如你所说的，经验是可宝贵的。但是有价值的经验全是苦痛换来的，我在这三年中真是得了不少的阅历，但就也够苦了。经过了好些的变动，以环境和心理我是如你所说的老成了好些，换句话说便是会悟了。从青年的 idealistic phase[34] 走到了成年的

33　put at ease，宽慰。
34　idealistic phase，理想主义阶段。

realistic phase[35]。做人便这样做罢。idealistic 的梦停止了,也就可以医好了许多 vanity[36]。这未始不是个好处。

照事实上看来我没有什么不满足的。现在一时国内要不能开始我的工作,我便留在国外继续用一年功再说。有便请你再告诉志摩,他怕美国把我宠坏了,事实上倒不尽然,我在北京那一年的 spoilt[37] 生活,用了三年的工夫才一点一点改过来。要说 "spoilt",世界上没有比中国更容易 spoilt 人了,他自己也就该留心点。

通伯[38] 和夫人[39] 为我道念,叔华女士若是有暇可否送我几张房子的相片,自房子修改以后我还没有看见过,我和那房子的感情实是深长。旅居的梦魂常常绕着琼塔雪池。她母亲的院子里就有我无数的记忆,现在虽然已不堪回首,但是房主人们都是旧交,我极愿意有几张影片留作纪念。

感情和理性可以说是反对的。现在夜深,我不由得不又让情感激动,便就无理的写了这么长一封信,费你时间扰你精神。适之先生,我又得 apologize[40] 了。回国以后如有机会极闲暇的时

---

35 realistic phase,现实主义阶段。
36 vanity,虚荣。
37 spoilt,惯坏了的。
38 通伯,指陈源,笔名陈西滢,文学评论家、翻译家。
39 夫人,指陈源的妻子凌叔华。
40 apologize,道歉。

候给我个把字吧，我眼看着还要充军一年半，不由得不害怕呀。

胡太太为我问好，希望将来到北京时可以见着。就此祝你旅安

徽音寄自费城

三月十五日

致胡适
1931年11月3日

适之先生：

新月总店经济状况甚为窘迫，今晚要开董事会，由此也许会有新的变动。

代定《独立评论》的款项，已去信北平分店先筹付百元。

《新月》第三卷合订本二份和《四十自述》第六章原稿都已先后挂号寄上。

敬祝安好！

徽音　敬上

十一月三日

致胡适

1931年11月

适之先生：

志摩去时嘱购此绣货赠 Bell 夫妇，托先生带往燕京大学，现奉上。渠眷念 K.M.[41] 之情直转到她姊姊身上，直可以表示多情厚道的东方色彩，一笑。

大驾刚北返，尚未得晤面，怅怅。迟日愚夫妇当同来领教。

徽音

---

41 K.M.，即英国作家曼斯菲尔德。

致胡适

1932年1月1日下午

适之先生：

志摩刚刚离开我们，遗集事尚觉毫无头绪，为他的文件就有了些纠纷，真是不幸到万分，令人想着难过之极。

我觉得甚对不起您为我受了许多麻烦，又累了许多朋友也受了些许牵扰，更是不应该。

事情已经如此，现在只得听之，不过我求您相信我不是个多疑的人，这一桩事的蹊跷曲折，全在叔华一开头便不痛快——便说瞎话——所致。

我这方面的事情很简单：

（一）大半年前志摩和我谈到我们英国一段事，说到他的《康桥日记》仍存在，回硖石时可找出给我看。如果我肯要，他要给我，因为他知道我留有他当时的旧信，他觉得可收藏在一起。

注：整三年前，他北来时，他向我诉说他订婚结婚经过，讲到

小曼[42]看到他的"雪池时代日记"不高兴极了,把它烧了的话,当时也说过:不过我尚存下我的《康桥日记》。

(二)志摩死后,我对您说了这段话——还当着好几个人说的——在欧美同学会,奚若[43]思成从渭南回来那天。

(三)十一月廿八日星期六晨,由您处拿到一堆日记簿(有满的一本,有几行的数本,皆中文,有小曼的两本,一大一小,后交叔华由您负责取回的),有两本英文日记,即所谓Cambridge[44]日记者一本,乃从July 31 1921[45]起。次本从Dec.2nd[46](同年)起始,至回国止者,又有一小本英文为志摩一九二五在意大利写的。此外几包晨副[47]原稿,两包晨副零张杂纸,空本子小相片,两把扇面,零零星星纸片,住址本。

注:那天在您处仅留一小时,理诗刊稿子,无暇细看箱内零本,所以一起将箱带回细看。此箱内物是您放入的,我丝毫未动,我更知道此箱装的不是志摩平日原来的那些东西,而是在您将所有信件分人分类捡出后,单单将以上那些本子纸包子聚成这一箱的。

(四)由您处取出日记箱后约三四日或四五日听到奚若说:

---

42 小曼,指陆小曼,徐志摩的妻子。
43 奚若,指张奚若,时任清华大学法学院教授。
44 Cambridge,康桥,今译"剑桥"。
45 July 31 1921,1921年7月31日。
46 Dec.2nd,12月2日。
47 晨副,指当时的《北平晨报》副刊。

公超[48]在叔华处看到志摩的《康桥日记》,叔华预备约公超共同为志摩作传的。

注:据公超后来告我,叔华是在十一月廿六日开会(讨论,悼志摩)的那一晚上约他去看日记的。

(五)追悼志摩的第二天(十二月七号)叔华来到我家向我要点志摩给我的信,由她编辑,成一种《志摩信札》之类的东西,我告诉她旧信全在天津,百分之九十为英文,怕一时拿不出来,拿出来也不能印,我告诉她我拿到有好几本日记,并请她看一遍大概是些什么,并告诉她,当时您有要交给大雨[49]的意思,我有点儿不赞成。您竟然将全堆"日记类的东西"都交我,我又embarrassed[50]却又不敢负您的那种trust[51]——您要我看一遍编个目录——所以我看东西绝对的impersonal[52]带上历史考据眼光。Interesting only in[53]事实的辗进变化,忘却谁是谁。

最后我向她要公超所看到的志摩日记——我自然作为她不会说"没有"的可能说法,公超既已看到。我说:听说你有志摩的《康桥日记》在你处,可否让我看看等等。她停了一停说

---

48 公超,指叶公超,时任清华大学外文系教授。
49 大雨,指孙大雨,当时执教于北京师范大学、北平大学女子文理学院。
50 embarrassed,不好意思。
51 trust,信任。
52 impersonal,非个人化的。
53 Interesting only in,只有兴趣于。

可以。

我问她:"你处有几本?两本么?"

她说"两——本",声音拖慢,说后极不高兴。

我问:"两本是一对么?"未待答,"是否与这两本(指我处《康桥日记》两本)相同的封皮?"

她含糊应了些话,似乎说"是!不是,说不清"等,"似乎一本是——",现在我是绝对记不清这个答案(这句话待考)。因为当时问此话时,她的神色极不高兴,我大窘。

(六)我说要去她家取,她说她下午不在,我想同她回去,却未敢开口。

后约定星三(十二月九号)遣人到她处去取。

(七)星三九号晨十一时半,我自己去取,叔华不在家,留一信备给我的,信差带复我的。

此函您已看过,她说(原文):"昨归遍找志摩日记不得,后捡自己当年日记,乃知志摩交我乃三本:两小,一大,小者即在君处箱内,阅完放入的。大的一本(满写的)未阅完,想来在字画箱内(因友人物多,加意保全),因三四年中四方奔走,家中书物皆堆叠成山,甚少机缘重为整理,日间得闲当细检一下,必可找出来阅。此两日内,人事烦扰,大约须此星期底才有空翻寻也。"

注：这一篇信内有几处瞎说不必再论，即是"阅完放入"，"未阅完"两句亦有语病，既说志摩交她三本日记，何来"阅完放入"君处箱内。可见非志摩交出，乃从箱内取出阅，而"阅完放入"，而有一本（？）未阅完而未放入。

此箱偏偏又是当日志摩曾寄存她处的一个箱子，曾被她私开过的。（此句话志摩曾亲语我。他自叔华老太太处取回箱时，亦大喊"我锁的，如何开了，这是我最要紧的文件箱，如何无锁，怪事——"又"太奇怪，许多东西不见了，missing[54]"，旁有思成，Lilian Tailor[55]及我三人。）

（八）我留字，请她务必找出借我一读。说那是个不幸事的留痕，我欲一读，想她可以原谅我。

（九）我觉得事情有些周折，气得通宵没有睡着，可是，我猜她推到"星期底"必是要抄留一份底子，故或需要时间（她许怕我以后不还她那日记）。我未想到她不给我。更想不到以后收到半册，而这半册日记正巧断在刚要遇到我的前一两日。

（十）十二月十四日（星一）

half a book with 128 pages received (dated from Nov.17, 1920

54　missing，不见了。
55　Lilian Tailor，金岳霖的美国女友。

ended with sentence "it was badly planned.")[56] 叔华送到我家来，我不在家，她留了一个 note[57] 说怕我急，赶早送来的话。

（十一）事后知道里边有故事，却也未胡猜，后奚若来说叔华跑到性仁[58]家说她处有志摩日记（未说清几本）徽音要，她不想给（不愿意给）的话，又说小曼日记两本她拿去也不想还等等，大家都替我生气，觉得叔华这样，实在有些古怪。

（十二）我到底全盘说给公超听了（也说给您听了）。公超看了日记说，这本正是他那天（离十一月廿八日最近的那星期）看到了的，不过当时未注意底下是如何，是否只是半册未注意到，她告诉他是两本，而他看到的只是一本，但他告诉您（适之）"refuse to be quoted"[59]，底下事不必再讲了。

二十一年元旦

---

56 此句意为：收到半本共128页，始自1920年11月17日，以"计划得很糟"一句结尾。
57 note，便条。
58 性仁，指沈性仁，陶孟和的妻子。
59 此句意为：我拒绝被引用。

致胡适

1932年1月1日晚上

适之先生：

下午写了一信，今附上寄呈，想历史家必不以我这种信为怪，我为人直爽性急，最恨人家小气曲折说瞎话。此次因为叔华瞎说，简直气糊涂了。

我要不是因为知道公超看到志摩日记，就不知道叔华处会有的。谁料过了多日，向她要借看时，她倒说"遍找不得"，"在书画箱内多年未检"的话。真叫人不寒而栗！我从前不认得她，对她无感情，无理由的，没有看得起她过。后来因她嫁通伯，又有《送车》等作品，觉得也许我狗眼看低了人，始大大谦让真诚的招呼她，万料不到她是这样一个人！真令人寒心。

志摩常说："叔华这人小气极了。"我总说："是么？小心点吧，别得罪了她。"

女人小气虽常有事，像她这种有相当学问知名的人也该学点大方才好。

现在无论日记是谁裁去的，当中一段缺了是事实，她没有坦白的说明以前，对那几句瞎话没有相当解释以前，她永有嫌疑的。（志摩自己不会撕的，小曼尚在可问。）

关于我想着那段日记，想也是女人小气处或好奇处多事处，不过这心理太 human[60] 了，我也不觉得惭愧。

实说，我也不会以诗人的美谀为荣，也不会以被人恋爱为辱。我永是"我"，被诗人恭维了也不会增美增能，有过一段不幸的曲折的旧历史也没有什么可羞惭。（我只是要读读那日记，给我是种满足，好奇心满足，回味这古怪的世事，纪念老朋友而已。）

我觉得这桩事人事方面看来真不幸，精神方面看来这桩事或为造成志摩为诗人的原因，而也给我不少人格上知识上磨练修养的帮助，志摩 in a way[61] 不悔他有这一段苦痛历史，我觉得我的一生至少没有太堕入凡俗的满足，也不算一桩坏事。志摩警醒了我，他变成一种 stimulant[62] 在我生命中，或恨，或怒，或 happy[63] 或 sorry[64]，或难过，或苦痛，我也不悔的，我也不 proud[65]

---

60 human，通人情。
61 in a way，从某方面。
62 stimulant，激励。
63 Happy，幸运。
64 Sorry，遗憾。
65 proud，得意、骄傲。

我自己的倔强，我也不惭愧。

我的教育是旧的，我变不出什么新的人来，我只要"对得起"人——爹娘、丈夫（一个爱我的人，待我极好的人）、儿子、家族等等，后来更要对得起另一个爱我的人，我自己有时的心，我的性情便弄得十分为难。前几年不管对得起他不，倒容易——现在结果，也许我谁都没有对得起，您看多冤！

我自己也到了相当年纪，也没有什么成就，眼看得机会愈少——我是个兴奋 type accomplish things by sudden inspiration and master stroke，[66] 不是能用功慢慢修炼的人。现在身体也不好，家常的负担也繁重，真是怕从此平庸处世，做妻生仔的过一世！我禁不住伤心起来。想到志摩今夏的 inspiring friendship and love[67] 对于我，我难过极了。

这几天思念他得很，但是他如果活着，恐怕我待他仍不能改的。事实上太不可能。也许那就是我不够爱他的缘故，也就是我爱我现在的家在一切之上的确证。志摩也承认过这话。

徽音　二十年[68]正月一日

66　意为：我是个兴奋型的人，靠突然的灵感和神来之笔做事。
67　意为：富于启迪性的友谊和爱。
68　此处为作者笔误，应为"二十一年"。

致胡适
1932 年春

适之先生:

多天未通音讯,本想过来找您谈谈,把一些零碎待接头的事情一了。始终办不到。日前,人觉得甚病,不大动得了,后来赶了几日夜,两三处工程图案,愈弄得人困马乏。

上星期起到现在一连走了几天协和检查身体,消息大不可人,医生和思成又都皱开眉头!看来我的病倒进展了些,医生还在商量根本收拾我的办法。

身体情形如此,心绪更不见佳,事情应着手的也复不少,甚想在最近期间能够一晤谈,将志摩几本日记事总括筹个办法。

此次,您从硖[69]带来一部分日记尚未得见,能否早日让我一读,与其他部分作个整个的 survey[70]?

据我意见看来,此几本日记英文原文并不算好,年青得厉害,

---

69 硖,浙江省海宁市硖石镇,徐志摩的故乡。
70 survey,考察。

三 书信

将来与他"整传"大有补助处固甚多，单印出来在英文文学上价值并不太多（至少在我看到那两本中文字比他后来的作品书札差得很远），并且关系人个个都活着，也极不便，一时只是收储保存问题。

志摩作品中诗已差不多全印出，散文和信札大概是目前最要紧问题，不知近来有人办理此事否？"传"不"传"的，我相信志摩的可爱的人格永远会在人们记忆里发亮的，暂时也没有赶紧必要。至多慢慢搜集材料为将来的方便而已。

日前，Mr.E.S.Bernett 来访，说 Mrs.Richard 有信说康桥志摩的旧友们甚想要他的那两篇关于康桥的文章，译成英文寄给他们，以备寄给两个杂志刊登。The Richards 希望就近托我翻译。我翻阅那两篇东西不禁出了许多惭愧的汗。你知道那两篇东西是他散文中极好的两篇。我又有什么好英文来翻译它们。一方面我又因为也是爱康河的一个人，对康桥英国晚春景子有特殊感情的一个人，又似乎很想"努力""尝试"（都是先生的好话），并且康桥那方面几个老朋友我也认识几个，他那文章里所引的事，我也好像全彻底明白……

但是，如果先生知道有人能够十分的 do his work justice in rendering into really charming English[71]，最好仍请一个人快快的

71　意为：善待他的作品，能够将它们变成真正雅致的英文。

将那东西译出寄给 Richards 为妥。

身体一差伤感色彩便又深重。这几天心里万分的难过。怎办?

从文走了没有,还有没有机会再见到。

湘玫又北来,还未见着。南京似乎日日有危险的可能,真糟。思忠[72]在八十八师已开在南京下关前线,国"难"更"难"得迫切,这日子又怎么过!

先生这两天想也忙,过两天可否见到,请给个电话。

胡太太伤风想已好清。我如果不是因为闹协和这一场,本来还要来进"研究院"的。现在只待静候协和意旨,不进医院也得上山了。

此问

著安

徽音拜上

思成寄语问候,他更忙得不亦乐乎。

---

72 思忠,指梁思忠,梁思成之弟。

致胡适

1932 年 6 月 14 日

适之先生：

上次我上山以前，你到我们家里来，不凑巧我正出去，错过了，没有晤着，真可惜。你大忙中跑来我们家，使我疑心到你是有什么特别事情的，可是猜了半天都猜不出，如果真的有事，那就请你给我个信罢。

那一天我答应了胡太太代找房子，似乎对于香山房子还有一点把握，这两天打听的结果，多半是失望，请转达。但是这不是说香山绝对没有可住的地方，租的是说没有了，可借的却似乎还有很多。双清别墅听说已让守和夫妇暂借了，虽然是短期。

我的姑丈卓君庸的"自青榭"倒也不错，并且他是极欢迎人家借住的，如果愿意，很可以去接洽一下。去年刘子楷太太借住几星期，客人主人都高兴一场的。自青榭在玉泉山对门，虽是平地，却也别饶风趣，有池；有柳；有荷花鲜藕；有小山坡；有田陌；即是游卧佛寺，碧云寺，香山，骑驴洋车皆极方便。

谢谢送来独立周刊[73]。听到这刊出世以久,却尚未得一见,前日那一期还是初次见面。读杨今甫那篇东西颇多感触,志摩已别半载,对他的文集文稿一类的整理尚未有任何头绪,对他文字严格批评的文章也没有人认真做过一篇。国难期中大家没有心绪,沪战烈时更谈不到文章自是大原因,现在过时这么久,集中问题不容易了,奈何!

我今年入山已月余,触景伤怀,对于死友的悲念,几乎成个固定的咽梗牢结在喉间,生活则仍然照旧辗进,这不自然的缄默像个无形的十字架,我奇怪我不曾一次颠仆在那重量底下。

有时也还想说几句话,但是那些说话似乎为了它们命定的原因,绝不会诞生在语言上,虽然它们的幻灭是为了忠诚,不是为了虚伪,但是一样的我感到伤心,不可忍的苦闷。整日在悲思悲感中挣扎,是太没意思的颓废。先生你有什么通达的哲理赐给我没有?

新月的新组织听说已经正式完成,月刊在那里印,下期预备那一天付印,可否示知一二。"独立"容否小文字?有篇书评只怕太长些。(关于萧翁与爱莲戴莱通讯和戈登克雷写的他母亲的小传作对照的评论,我认为那两本东西是剧界极重要的

---

73 独立周刊,指《独立评论》,1932年5月创刊。

document[74]，不能作浪漫通讯看待。）

思成又跑路去，这次又是一个宋初木建——在宝坻县——比蓟州独乐寺或能更早。这种工作在国内甚少人注意关心，我们单等他的测绘详图和报告印出来时吓日本鬼子一下痛快：省得他们目中无人以为中国好欺侮。

天气好得很，有空千万上山玩一次，包管你欢喜不觉得白跑。

徽音

香山六月十四日

---

74 document，文件。

致沈从文
1933年11月中旬

沈二哥:

初二回来便忙乱成一堆,莫明其所以然。文章写不好,发脾气时还要讴出韵文!十一月的日子我最消化不了,听听风知道枫叶又凋零得不堪,只想哭。昨天哭出的几行勉强叫它做诗,日后呈正。

萧先生文章[75]甚有味儿,我喜欢。能见到当感到畅快。你说的是否礼拜五?如果是,下午五时在家里候教,如嫌晚,星六早上也一样可以的。

关于云冈现状是我正在写的一短篇,那一天再赶个落花流水时当送上。

思成尚在平汉线边沿吃尘沙,星六晚上可以到家。

---

75 指作家萧乾的短篇小说《蚕》。

此问

俪安

　　二嫂统此

　　　　　　　　　　　　　　　　徽音拜上

致沈从文

1934年2月27日

二哥：

　　世间事有你想不到的那么古怪，你的信来的时候正遇到我双手托着头在自恨自伤的一片苦楚的情绪中熬着。在廿四个钟头中，我前前后后，理智的，客观的，把许多纠纷痛苦和挣扎或希望或颓废的细目通通看过好几遍，一方面展开事实观察，一方面分析自己的性格情绪历史，别人的性格情绪历史，两人或两人以上互相的生活，情绪和历史，我只感到一种悲哀，失望，对自己对生活全都失望无兴趣。我觉到像我这样的人应该死去；减少自己及别人的痛苦！这或是暂时的一种情绪，一会儿希望会好。

　　在这样的消极悲伤的情景下，接到你的信，理智上，我虽然同情你所告诉我你的苦痛（情绪的紧张），在情感上我却很羡慕你那么积极那么热烈，那么丰富的情绪，至少此刻同我的比，我的显然萧条颓废消极无用。你的是在情感的尖锐上奔进！

可是此刻我们有个共同的烦恼，那便是可惜时间和精力，因为情绪的盘旋而耗废去。

你希望抓住理性的自己，或许找个聪明的人帮忙你整理一下你的苦恼或是"横溢的情感"，设法把它安排妥帖一点，你竟找到我来，我懂得的，我也常常被同种的纠纷弄得左不是右不是，生活掀在波澜里，盲目的同危险周旋，累得我既为旁人焦灼，又为自己操心，又同情于自己又很不愿意宽恕放任自己。

不过我同你有大不同处：凡是在横溢奔放的情感中时，我便觉到抓住一种生活的意义，即使这横溢奔放的情感所发生的行为上纠纷是快乐与苦辣对渗的性质，我也不难过不在乎。我认定了生活本身原质是矛盾的，我只要生活；体验到极端的愉快，灵质的，透明的，美丽的近于神话理想的快活，以下我情愿也随着赔偿这天赐的幸福，埋在悲痛，纠纷失望，无望，寂寞中捱过若干时候，好像等自己的血来在创伤上结痂一样！一切我都在无声中忍受,默默的等天来布置我,没有一句话说！（我且说说来给你做个参考。）

我所谓极端的，浪漫的或实际的都无关系，反正我的主义是要生活，没有情感的生活简直是死！生活必须体验丰富的情感，把自己变成丰富，宽大能优容，能了解，能同情种种"人性"，能懂得自己，不苛责自己，也不苛责旁人，不难自己以所不能，也不难别人所不能，更不怨运命或是上帝，看清了世界本是各种人性混合做成的纠纷，人性又就是那么一回事，脱不掉生理，心理，环境习惯先天特质的凑合！把道德放大了讲，别裁判或裁削自己。任性到损害旁人时如果你不忍，你就根本办不到任性的事。（如果你办得到，那你那种残忍，便是你自己性格里的一点特性，也用不着过分的去纠正。）想做的事太多，并且互相冲突时，拣最想做——想做到顾不得旁的牺牲——的事做，未做时心中发生纠纷是免不了的，做后最用不着后悔，因为你既会去做，那桩事便一定是不可免的，别尽着罪过自己。

我方才所说到极端的愉快，灵质的，透明的，美丽的快乐，不知道你有否同一样感觉。我的确有过，我不忘却我的幸福。我认为最愉快的事都是一闪亮的，在一段较短的时间内迸出神奇的——如同两个人透彻的了解；一句话打到你心里，使得你理智和感情全觉到一万万分满足；如同相爱：在一个时候里，你同你自身以外另一个人互相以彼此存在为极端的幸福；如同恋爱，在那时那刻眼所见，耳所听，心所触无所不是美丽，情感如诗歌自然的流动，如花香那样不知其所以。这些种种便都是一生中不可多得的瑰宝。世界上没有多少人有那机会，且没有多少人有那种天赋的敏感和柔情来尝味那经验，所以就有那种机会也无用。如果有如诗剧神话般的实景，当时当事者本身却没有领会诗的情感又如何行？即使有了，只是浅俗的赏月折花的限量，那又有什么话说？！转过来说，对悲哀的敏感容量也是生活中可贵处。当时当事，你也许得流出血泪，过去后那些在你经验中也是不可鄙视的创痂。（此刻说说话，我倒暂时忘记了我昨天到今晚已整整哭了廿四小时，中间仅仅睡着三四个钟头，方才在过分的失望中颓废着觉到浪费去时间精力，很使自己感叹。）在夫妇中间为着相爱纠纷自然痛苦，不过那种痛苦也是夹着极端丰富的幸福在内的。冷漠不关心的夫妇结合才是真正的悲剧！

如果在"横溢情感"和"僵死麻木的无情感"中叫我来拣一个，我毫无问题要拣上面的一个，不管是为我自己或是为别人。人活着的意义基本的是在能体验情感。能体验情感还得有智慧有思想来分别了解那情感——自己的或别人的！如果再能表现你自己所体验所了解的种种在文字上——不管那算是宗教或哲学，诗，或是小说，或是社会学论文——（谁管那些）——使得别人也更得点人生意义，那或许就是所有的意义了——不管人文明到什么程度，天文地理科学的通到那里去，这点人性还是一样的主要，一样的是人生的关键。

在一些微笑或皱眉印象上称较分量，在无边际人事上驰骋细想正是一种生活。

算了吧！二哥，别太虐待自己，有空来我这里，咱们再费点时间讨论讨论它，你还可以告诉我一点实在情形。我在廿四小时中只在想自己如何消极到如此田地苦到如此如此，而使我苦得想去死的那个人自己在去上海火车中也苦得要命，已经给我来了两封电报一封信，这不是"人性"的悲剧么？那个人便是说他最不喜管人性的梁二哥！

徽因

你一定得同老金[76]谈谈，他真是能了解同时又极客观极同情极懂得人性，虽然他自己并不一定会提起他的历史。

---

76 指林徽因的好友金岳霖。

致沈从文
1935年11月下旬

二哥：

怎么了？《大公报》到底被收拾，真叫人生气！有办法否？

昨晚我们这里忽收到两份怪报，名叫《亚洲民报》，篇幅大极，似乎内中还有文艺副刊，是大规模的组织，且有计划的，看情形似乎要《大公报》永远关门。气糊涂了我！社论看了叫人毛发能倒竖。我只希望是我神经过敏。

这日子如何"打发"？我们这国民连骨头都腐了！有消息请告一二。

徽因

致沈从文

1937年10月

二哥：

我欠你一封信，欠得太久了！现在第一件事要告诉你的就是我们又都在距离相近的一处了。大家当时分手得那么突兀惨淡，现在零零落落的似乎又聚集起来。一切转变得非常古怪，两月以来我种种的感到糊涂。事情越看得多点，心越焦，我并不奇怪自己没有青年人抗战中兴奋的情绪，因为我比许多人明白一点自己并没有抗战，生活离前线太远，一方面自己的理智方面也仍然没有失却它寻常的职能，观察得到一些叫人心里顶难过的事。心里有时像个药罐子。

自你走后我们北平学社方面发生了许多叫我们操心的事，好容易捱过了俩仨星期（我都记不清有多久了）才算走脱，最后我是病的，却没有声张，临走去医院检查了一遍，结果是得着医生严重的警告——但警告白警告，我的寿命是由天的了。临行的前夜一直弄到半夜三点半，次早六时由家里出发，我只觉得是硬由北总布胡同[77]扯出来上车拉倒。东西全弃下倒无所谓,最难过的是许多朋友都像是放下忍心的走掉,端公[78]太太、公超太太住在我家,临别真是说不出的感到似乎是故意那么狠心的把她们抛下,兆和[79]也是一个使我顶不知怎样才好的,而偏偏我就根本赶不上去北城一趟看看她。我恨不得是把所有北平留下的太太孩子挤在一块走出到天津再说。可是我也知道天津地方更莫名其妙,生活又贵,平津那一节火车情形那时也是一天一个花样,谁都不保险会出什么样把戏的。

这是过去的话了,现在也无从说起,自从那时以后,我们真走了不少地方。由卢沟桥事变到现在,我们把中国所有的铁路都走了一段!最紧张的是由北平到天津,由济南到郑州。带着行李小孩奉着老母,由天津到长沙共计上下舟车十六次,进出旅店十二次,这样走法也就很够经验的,所为的是回到自己的后方。现在后方已回到了,我们对于战时的国家仅是个不可救药的累赘而已。同时我们又似乎感到许多我们可用的力量废放在这里,是因为各方面缺乏更好的组织来尽量的采用。我们初到时的兴奋,现实已变成习惯的悲感。更其糟的是这几天看

---

77 林徽因和梁思成于1931年至1937年在此居住。
78 端公,指法学家钱端升,当时他被国民政府派往欧美开展民间外交,宣传抗战。
79 兆和,指沈从文的夫人张兆和。

到许多过路的队伍兵丁,由他们吃的穿的到其他一切一切。"惭愧"两字我嫌它们过于单纯,所以我没有字来告诉你,我心里所感触的味道。

前几天我着急过津浦线上情形,后来我急过"晋北"的情形——那时还是真正的"晋北"——由大营到繁峙代县,雁门朔县宁武原平崞县忻县一带路,我们是熟极的,阳明堡以北到大同的公路更是有过老朋友交情,那一带的防御在卢变以后一星期中我们所知道的等于是"鸡蛋"。我就不信后来赶得及怎样"了不起"的防御工作,老西儿[80]的军队更是软懦到万分,见不得风的,怎不叫我跳急到万分!好在现在情形已又不同了,谢老天爷,但是看战报的热情是罪过的。如果我们再按紧一点事实的想象:天这样冷……(就不说别的!!)战士们在怎样的一个情形下活着或死去!三个月以前,我们在那边已穿过棉!所以一天到晚,我真不知想什么好,后方的热情是罪过,不热情的话不更罪过?二哥,你想,我们该怎样的活着才有法子安顿这一副还未死透的良心?

我们太平时代(考古)的事业,现时谈不到别的了,在极省俭的法子下维护它不死,待战后再恢复算最为得体的办法。

---

80 老西儿,指阎锡山。

个人生活已甚苦,但尚不到苦到"不堪"。我是女人,当然立刻变成纯净的"糟糠"的典型,租到两间屋子烹调,课子[81],洗衣,铺床,每日如在走马灯中过去。中间来几次空袭警报,生活也就饱满到万分。注:一到就发生住的问题,同时患腹泻,所以在极马虎中租到一个人家楼上的两间屋。就在火车站旁,火车可以说是从我窗下过去!所以空袭时颇不妙,多暂避于临时大学[82](熟人尚多见面,金甫[83]亦"高个子"如故)。文艺,理想,都像在北海五龙亭看虹那么样,是过去中一种偶然的遭遇,现实只有一堆矛盾的现实抓在手里。

话又说多了,且乱,正像我的老样子。二哥你现实在做什么,有空快给我一封信。(在汉口时,我知道你在隔江,就无法来找你一趟。)我在长沙回首雁门,正不知有多少伤心呢,不日或起早到昆明,长途车约七八日,天已寒冷,秋气肃杀,这路不太好走,或要去重庆再到成都,一切以营造学社工作为转移。(而其间问题尚多,今天不谈了。)现在因时有空袭警报,所以一天不能离开老的或小的,精神上真是苦极苦极,一天的操

---

81 课子,督教儿子读书。
82 临时大学,指长沙临时大学,是西南联大的前身。卢沟桥事变后,北京大学、清华大学、南开大学在长沙合并组成长沙临时大学,1937年10月开学,1938年2月中旬开始搬往昆明。
83 金甫,指杨振声,时任长沙临时大学秘书处主任。

作也于我的身体有相当威胁。

徽因　在长沙

长沙韭菜园教厂坪 134 刘宅梁

致沈从文
1937年11月9日至10日

二哥:

在黑暗中,在车站铁篷子底分别,很有种清凉味道,尤其是走的人没有找着车位,车上又没有灯,送的打着雨伞,天上落着很凄楚的雨,地下一块亮一块黑的反映着泥水洼,满车站的兵——开拔的到前线的,受伤开回到后方的!那晚上很代表我们这一向所过的日子的最黯淡的底层——这些日子表面上固然还留一点未曾全褪败的颜色。

这十天里长沙的雨更象征着一切霉湿,凄怆,惶惑的生活。那种永不开缝的阴霾封锁着上面的天,留下一串串继续又继续着檐漏般不痛快的雨,屋里人冻成更渺小无能的小动物,缩着脖子只在呆想中让时间赶到头里,拖着自己半蛰伏的灵魂。接到你第一封信后我又重新发热伤风过一次,这次很规矩的躺在床上发冷,或发热,日子清苦得无法设想,偏还老那么悬着,叫人着一种无可奈何的急。如果有天,天又有意旨,我真想他明白点告诉我一点事，好比说我这种人需要不需要活着，不需要的话，这种悬着日子也不都是侈奢？好比说一个非常有精神喜欢挣扎着生存的人，为什么需要肺病，如果是需要，许多希望着健康的想念在她也就很侈奢，是不是最好没有？死在长沙雨里，死得虽未免太冷点，往昆明跑，跑后的结果如果是一样，那又怎样？昨天我们夫妇算算到昆明去，现在要不就走，再去怕更要落雪落雨发生问题，就走的话，除却旅费，到了那边时身上一共剩下三百来元，万一学社经费不成功，带着那一点点钱，一家子老老小小流落在那里颇不妥当，最好得等基金方面一点消息。……

可是今天居然天晴，并且有大蓝天，大白云，顶美丽的太阳光！我坐在一张破藤椅上，破藤椅放在小破廊子上，旁边晒着棉被和雨鞋，人也就轻松一半，该想的事暂时不再想它，想想别的有趣的事：好比差不多二十年前，我独自坐在一间顶大的书房里看雨，那是英国的不断的雨。我爸爸到瑞士国联开会去，我能在楼上嗅到顶下层楼下厨房里炸牛腰子同洋咸肉，到晚上又是在顶大的饭厅里（点着一盏顶暗的灯）独自坐着（垂着两条不着地的腿同刚刚垂肩的发辫），一个人吃饭一面咬着手指头哭——闷到实在不能不哭！理想的我老希望着生活有点浪漫的发生，或是有个人叩下门走进来坐在我对面同我谈话，或是同我同坐在楼上炉边给我讲故事,最要紧的还是有个人要来爱我。我做着所有女孩做的梦。而实际上却只是天天落雨又落雨,我从不认识一个男朋友,从没有一个浪漫聪明的人走来同我玩——实际生活上所认识的人从没有一个像我所想象的浪漫人物,却还加上一大堆人事上的纷纠。

话说得太远了,方才说天又晴了,我却怎么又转到落雨上去?真糟!肚子有点饿,嗅不着炸牛腰子同咸肉更是无法再想英国或廿年前的事,国联或其他!

方才念到你的第二信,说起爸爸的演讲,当时他说的顶热闹,根本没有想到注意近在自己身边的女儿的日常一点点小小苦痛比那种演讲更能表示他真的懂得那些问题的重要。现在我自己已做了妈妈,我不愿意在任何情形下把我的任何一角酸辛的经验来换他当时的一篇漂亮话,不管它有多少风趣!这也许是我比他诚实,也许是我比他缺一点幽默!

好久了,我没有写长信,写这么杂乱无系统的随笔信,今晚上写了这许多,谁知道我方才喝了些什么,此刻真是冷,屋子里谁都睡了,温度仅仅五十一度,也许这是原因!

明早再写关于沅陵及其他向昆明方面设想的信!

又接到另外一封信,关于沅陵我们可以想想,关于大举移民到昆明的事还是个大悬点挂在空里,看样子如果再没有计划就因无计划而在长沙留下来过冬,不过关于一切我仍然还须给你更具体的回信一封,此信今天暂时先拿去付邮而免你惦挂。

昨天张君劢老前辈来此,这人一切仍然极其"混沌"(我不叫它做天真)。天下事原来都是一些极没有意思的,我们理想着一些美妙的完美,结果只是处处悲观叹息着。我真佩服一些人仍然整天说着大话,自己支持着极不相干的自己,以至令别人想哭!

匆匆

徽因

十一月九至十日

致沈从文

1937 年 12 月 9 日

二哥：

决定了到昆明以便积极的作走的准备。本买二日票，后因思成等周寄梅先生，把票退了，再去买时已经连七号的都卖光了，只好买八号的。

今天中午到了沅陵。昨晚里住在官庄的。沿途景物又秀丽又雄壮时就使我们想到你二哥对这些苍翠的，天排布的深浅山头，碧绿的水和其间稍稍带点天真的人为的点缀，如何的亲切爱好，感到一种愉快。天气是好到不能更好，我说如果不是在这战期中时时心里负着一种悲伤哀愁的话，这旅行真是不知几世修来。

昨晚有人说或许这带有匪，倒弄得我们心有点慌慌的，住在小旅店里灯火荧荧如豆，外边微风撼树，不由得不有一种特别情绪，其实我们很平安的到达很安靖的地带。

今天来到沅陵,风景愈来愈妙,有时颇疑心有翠翠[84]这种的人物在!沅陵城也极好玩,我爱极了。你老兄的房子在小山上,非常别致有雅趣,原来你一家子都是敏感的有精致爱好的。我同思成带了两个孩子来找他,意外还见到你的三弟,新从前线回来,他伤已愈,可以拐杖走路。他们待我们太好(个个性情都有点像你处)。我们真欢喜极了,都又感到太打扰得他们有点不过意。虽然,有半天工夫在那楼上廊子上坐着谈天,可是我真感到有无限亲切。沅陵的风景,沅陵的城市,同沅陵的人物,在我们心里是一片很完整的记忆,我愿意再回到沅陵一次,无论什么时候,最好当然是打完仗!

说到打仗你别过于悲观,我们还许要吃苦,可是我们不能不争到一种翻身的地步。我们这种人太无用了。也许会死,会消灭,可是总有别的法子我们中国国家进步了弄得好一点,争出一种新的局面,不再是低着头的被压迫着,我们根据事实时有时很难乐观,但是往大处看,抓紧信心,我相信我们大家根本还是乐观的,你说对不对?

这次分别,大家都怀着深忧!不知以后事如何?相见在何日?只要有着信心,我们还要再见的呢。

---

84 翠翠,沈从文小说《边城》里的女主人公。

无限亲切的感觉,因为我们在你的家乡

徽因

昆明住址云南大学王赣愚先生转

致沈从文
1938年春

二哥：

事情多得不可开交，情感方面虽然有许多新的积蓄，一时也不能够去清理（这年头也不是清理情感的时候）。昆明的到达既在离开长沙三十九天之后，其间的故事也就很有可纪念的。我们的日子至今尚似走马灯的旋转，虽然昆明的白云悠闲疏散在蓝天里。现在生活的压迫似乎比从前更有分量了。我问我自己三十年底下都剩一些什么，假使机会好点我有什么样的一两句话说出来，或是什么样事好做，这种问题在这时候问，似乎更没有回答——我相信我已是一整个的失败，再用不着自己过分的操心——所以朋友方面也就无话可说——现在多半的人都最惦挂我的身体。一个机构多方面受过损伤的身体实在用不着惦挂，我看黔滇间公路上所用的车辆颇感到一点同情，在中国做人同在中国坐车子一样，都要承受那种的待遇，磨到焦头烂额，照样有人把你拉过来推过去爬着长长的山坡。你若使懂事多了，挣扎一下,也就不见得不会喘着气爬山过岭,到了你最后的一个时候。

不,我这比喻打得不好,它给你的印象好像是说我整日里在忙着服务,有许多艰难的工作做,其实,那又不然,虽然思成与我整天宣言我们愿意义务的替政府或其他公共机关效力,到了如今人家还是不找我们做正经事,现在所忙的仅是一些零碎的私人所委托的杂务,这种私人相委的事如果他们肯给我们一点实际的酬报,我们生活可以稍稍安定,挪点时候做些其他有价值的事也好,偏又不然,所以我仍然得另想别的办法来付昆明的高价房租,结果是又接受了教书生涯,一星期来往爬四次山坡走老远的路,到云大去教六点钟的补习英文。上月净得四十余元法币,而一方面为一种我们最不可少的皮尺昨天花了二十三元买来!

到如今我还不大明白我们来到昆明是做生意,是"走江湖"还是做"社会性的骗子"——因为梁家老太爷的名分,人家常抬举这对愚夫妇,所以我们是常常有些阔绰的应酬需要我们笑脸的应付——这样说来好像是牢骚,其实也不尽然,事实上就是情感良心均不得均衡!前昨同航空毕业班的几个学生谈,我几乎要哭起来,这些青年叫我一百分的感激同情,一方面我们这租来的房子墙上还挂着那位主席将军的相片,看一眼,话就多了——现在不讲——天天早上那些热血的人在我们上空练习速度,驱逐和格斗,底下芸芸众生吃喝得仍然有些讲究。思成不能酒我不能牌,两人都不能烟,在做人方面已经是十分惭愧!现在昆明人材济济,那一方面人都有。云南的权贵,香港的服装,南京的风度,大中华民国的洋钱,把生活描画得十三分对不起那些在天上冒险的青年,其他更不用说了。现在我们所认识的穷愁朋友已来了许多,同感者自然甚多。

陇海全线的激战使我十分兴奋,那一带地方我比较熟习,整个心都像在那上面滚,有许多人似乎看那些新闻印象里只有一堆内地县名,根本不发生感应,我就奇怪!我真想在山西随军,做什么自己可不大知道!

二哥,我今天心绪不好,写出信来怕全是不好听的话,你原谅我,我要搁笔了。

这封信暂做一个赔罪的先锋,我当时也知道朋友们一定会记挂,不知怎么我偏不写信,好像是罚自己似的——一股坏脾气发作!

徽因

致费慰梅[85]

1935年9月7日

Sept 7, 1935

Dearest Wilma,

...

I came home most unhappy, but I could not run over again or write because my mother suddenly was feeling faint. There was a general disturbance in the house, and after that I had to dig into the past with my half-brother trying to establish an understanding to make the present close contact possible and tolerable! I was exhausted and worn. Wilma, I am terribly terribly almost wishing I was dead or hadn't been born in such a family as mine by the time I went to bed...

This time or rather for the last three days, it was my own mother who drove me into human hell, I am not using the

---

85 费慰梅（Wilma Canon Fairbank），美国汉学家费正清（John King Fairbank）的夫人，主要研究中国艺术和建筑。

language too strong but that is not what I am started out to write about.

...

I know I am a happy and lucky person really, but the early battles have injured me so permanently that if any reminder of them arose; I became only absorbed the past misfortune.

Phyllis

「译文」

最亲爱的慰梅：

……我回到家特别不开心，但是我既不能再跑出去，也不能写作，因为我母亲突然感到头晕，家里一片手忙脚乱。那之后，为了能跟我同父异母的弟弟[86]继续保持密切往来，我跟他说起以前生活的点点滴滴，希望彼此间能够达成一种谅解。因为这事，我累得筋疲力尽。慰梅，当我上床睡觉的时候，我非常非常希望我是个死人，或者从来不曾出生在像我这样的家庭里……

这次，确切地说是最近三天，我有一种我的母亲把我带到人间地狱的感觉。我的用语不够坚强，这并不是我写信之初想用的。

……我知道自己真的是一个快乐而幸运的人，只不过之前的家庭纷争彻底伤害了我，以致但凡有一丝旧事浮起，就会让我沉溺于过去的那些不幸之中。

徽因

一九三五年九月七日

---

86 1935年，林徽因同父异母的弟弟林恒想报考清华大学机械系，于是从福建来到北京。林恒是一个认真安静的小伙子，林徽因很喜欢他，二人的关系也很融洽，所以他投奔林徽因，住在梁家。只不过当时林徽因的母亲也住在这里，她对这个孩子充满仇恨，只要林徽因不在家，她跟林恒的关系就变得很糟糕。

致费慰梅

1935年10月

If you insisted on adventure of course! The picture above finds you bravely at it—Don't you think I have good foresight? You will find a sun and a temple and some trees and you will have a donkey boy who admires your blue "Koo-Kua" and looks at you cook everyday and you will have such a donkey going over such road, that you will think of you red handled bicycle, your husband and your nice courtyard and Peking, the part that is not hilly and decidedly east.

However, I wish you the best of luck the kind of outfit fun part or can give you namely your blue Koo-Kua.

This note is a best improvement over your exotic one.

Phyllis

Oct, 1935
W's trip to Hsi-Shan
Sheng Mi Shih Tang
一九三五年十月
慰梅的西山神秘池塘之旅

Les Shan de Shih
西山

「译文」

当然,如果你坚持去探险!上面的那幅画将表现出你的勇敢——难道你不认为我很有先见之明吗?你会看到一轮明日、一座寺庙和几棵树;你会有一个为你牵驴的男孩,他欣赏你的蓝裤褂,看着你每日做饭;你将骑着这样一头毛驴走在这样的路上,这会让你想念你的红色自行车,想念你的丈夫和你漂亮的四合院,还有明显没有丘陵的北平东部。

不管怎么说,希望你这套有趣的装备——或者可以叫它"蓝裤褂"能给你带来好运。

这张便笺比你那张充满异国情调的要好得多。

徽因

致费慰梅、费正清

1936年1月4日

Jan 4th, 1936

3 Pei Tsung Pu Hutong

Dearest Wilma and John,

...I have been much younger and alive since you two run around with us and impart to me new vitality and outlook on life and future in general. So much so that I am gratefully astonished myself each time.

I viewed over everything I did this winter, Wilma and John, you see I was bi-culturally brought up, and there is no denying in that, the bi-cultural contact and activity is essential to me. Before you two really came into our lives here in No.3. I was always somewhat lost and has a sense of lack somewhere, a certain spiritual poverty or loneliness which need nourishing what the "blue notes" more than restored, and another thing—all my friends in Peiping are older and more serious minded people, they don't supply much from themselves out, then turn to Shih-cheng and me for inspiration and fresh something. "Gosh", how often I feel drained!

...The picnics and ridings this autumn or rather early winter, (and the shan-shi's trip too) made a whole world of difference to me. Imagine if not for all that, how was I to survive all those excitement and confusion and depression of our fragment National Crises!!! The riding was symbolic too... besides the fate of Chi-Hua men where had always been for me only Japs and their target, now I can see the country lanes and best flat open wintery atmosphere, delicate bare branches that scatter silver, small quiet temples and the accessional bridge one can cross with romantic pride.

Your ever, Phyllis

「译文」

最亲爱的慰梅和正清:

……总的来说,自从你们俩陪着我们四处游赏,给我注入了新的活力,让我对生活和未来有了新的展望,我觉得自己变得更年轻、更有朝气了。甚至每次想到自己的这些变化,我都会觉得吃惊,并且对你们充满了感激。

回想这个冬天我做的每一件事,慰梅、正清,你们知道我接受的是中西文化的熏陶,这是不可否认的,对双重文化的接触以及参与这类活动已经成为我生命中必不可少的组成部分。在你们搬到(北总布胡同)三号,进入我们的生活之前,我总是怅然若失,缺乏安全感,觉得自己精神贫瘠并且孤独,急需被什么东西来滋养。恰恰在这个时候,你们的"蓝色书信"弥补了我的这些不足。还有,我在北平的这些朋友比我年纪大,为人处世也更严肃,他们无法从自身挖掘更多的东西,便从思成和我这儿寻找灵感和新鲜事物。唉,这也使我感到筋疲力尽。

……今年秋天,更确切地说是初冬,野餐和骑马(还有山西之行)让我的整个世界焕然一新。假如没有这些,我不知道该如何摆脱国家危亡带给我的混乱和忧郁,继续生存下去;骑马也具有象征意义……此外,我一直以为日本人把齐化门[87]作为攻击

---

87 即北京朝阳门,元代称齐化门。

目标，那里应该到处有日本人，可我路过那儿时，发现冬天的乡间小路竟然如此开阔平坦，纤弱而光秃秃的树枝泛着银光，小庙十分安静，还有一座你可以怀揣浪漫和骄傲之情跨越的桥。

……

你们永远的徽因

一九三六年一月四日

北总布胡同三号

致费慰梅、费正清

1936年1月29日

3 Pei Tsung Pu Hutong
Jan 29th, '36

Dearest Wilma and John,

...

Heavens! If I would write a story with just such situations and such arguments, if I would write badly, one would think I invented the situation, badly and so untrue to life! But here it is, take it or leave it, and of all people , should be Chung-Wen, the quiet, understanding feeling and guilty person, a novelist himself, a genius at that! And he has got himself into this scrap and is feeling just as hopeless as any young and inexperienced little boy in such matters—and the poet in him rebelled and looked so lost and puzzled by life and its conflicts, that I thought of Shelley and also remembered Hsu chih-mo in his mad struggles against conventional sorrow, and I can't help feeling fondly amused. I can't describe to you how utterly charming he was that morning and how amusing! And how old and wise and tired I sat there talking to him, scolding him, advising him and discussing with him on life and its inconsistency, on human nature and its charm and tragedies and on idealism and reality!...

...

Little have I thought before that people who lived and were brought up in so different a way as Chung-Wen, will have some such feelings that I could so well understand, and have some such problems and troubled by it as I have known in other contexts. This is a new and deep experience for me, and that is why I think proletariat literature is nonsense. Good literature is good literature regardless of the "ideology" of the people. From now on I am going to take a fresh faith in my writing as Lao-Chin has been hoping and trying to convince me of its worth all along. Hurrah!

...

Lots of love

Phyllis

「译文」

最亲爱的慰梅和正清：

上帝啊！如果让我写一篇诸如此类情景和论点的文章，我写得再差一些的话，人们肯定会说我是在胡编乱造，因为其情节不仅糟糕，还跟现实生活完全不符。但事实就摆在这儿，不管你承不承认。我说的是小说家从文[88]，他是一个安静、通情达理又内心充满愧疚的人，不过在小说方面，他的确是一个天才。没想到，他陷入了一场感情危机，跟那些少不经事的小男孩一样对感情这事绝望了。他内心的诗人气质遭遇现实反抗，使他对接下来的生活以及生活中的冲突感到茫然无措。我想到雪莱，也记起了徐志摩与传统世俗疯狂抗争后的悲哀。现在想来不免觉得亲切有趣。我无法向你形容那天早上他是多么可爱、有趣——我坐在那儿，像个老到的大姐一样，喋喋不休地斥责他、劝慰他，并跟他讨论生活和其中的矛盾曲折，还有人性及它的魅力与悲剧，以及理想和现实！……

我以前从没想过，像从文那样生活和成长环境跟我截然不同的人，竟然有着我能深入理解的情感，也会因我所知的其他情况而陷入麻烦与困扰。这对我来说是个全新而深入的经历，

---

88 从文，指沈从文。

也是我认为文学为政治服务是无稽之谈的原因。好的文学就是好的文学,无关乎人的"意识形态"。从今以后,我会对我的作品充满信心,这也是老金一直以来所期望的,他总是试图说服我,让我认识到文学的价值。万岁!

……

非常爱你们

徽因

一九三六年一月二十九日

北总布胡同三号

致费慰梅
1936年5月7日

May 7th,36

Wilma,Wilma,Wilma

（I have to address the envelope to John because it is more proper for Balliol.）

I have been in the yelling mood ever since your last delightful letter, now that another one has come I must answer you right away. There has been a long time I didn't（or couldn't）write to you people because of a "gap" caused by your sending letters not via Siberia and each took over fifty days to come.（except one which came a little sooner but it must be one that was written later.）So everything got terribly upsetting. We loved the "type-written reports" of where about and what-abouts, but emotionally they are a bit unsatisfactory.

You sound worried about my ways of life; running around helping people in general, lots of worry and no exercise etc. Well, sometimes nothing can be done, it is almost fatal I should slave and waste myself on trash always, till—I mean unless circumstance itself take mercy on me and change. So far the circumstance is none too good for Phyllis the individual, though very smooth for the same person in all the capacities as a family member. The weather is glorious everybody has room re-papered, re-furnished, decorated to re-assume life in better shape. Let me give you a picture to show how it is.

Wilma, Wilma, is there any use my going on writing news...just look at the beds! Aren't they exciting!!!! But the fun is when they are more or less gather in the marked public spots and when they have breakfast one after another, and tea each in his or her room in different styles!!! Next time you come to Peking, ask for the Liangs boarding house!

I will start another sheet.

At this point of course the children came back from school insisted on looking at the "picture of beds" and identify their own etc etc. Bao-bao is always fussing about her dresses because the weather is getting warm. Helen's shirt is a bit "out" now. Chung-Chieh has the end of Dolly's green dress for a pair of short knickers, very smart.

No, no, no, I refuse to give you more impression how thoroughly I am buried in domesticity—I still have other points left I think, when "joie de vivre" takes over me which though come seldom, it still comes!

Yes, I do understand your approach to work. I work in very much the same way, though sometimes quite different. I achieve best when it is "pure product of Joie de Vivre". Most seriously when it is a question of bursting from inside, happily or unhappily. When it is a question of desperate yearning for expression—something I found out or I know, or I learned to understand, and I wanted to impart the secret seriously and earnestly to some one. "Readers" are not "public" to me, but individuals who are more understanding and sympathetic than relatives and friends surrounding me and who are eager to listen to what I have to say and become saddened or gladdened because of what I say. When I am doing domestic little trifles, I always feel that it is a pity I am neglecting some one else infinitely more interesting and important somewhere else unknown to me. Thus I hasten to finish the work in hand in order to go back "talking" to the others, and get often irritated if the work I have in hand never finishes, or coming in fresh bunches and increases all the time. Thus I am never good at domestic work, because half of my mind is elsewhere and cursing the work I was doing (Thought I may even enjoy the work or doing it terribly well.) On the other hand if I am doing a real piece of writing or something like that and realize at the same time I was neglecting my home, my conscience never got pricked at all, in fact I feel happy and wise that I have been doing something much more worthwhile—it is only when my children looking ill or losing weight that I start feeling bad and wake up at middle of the night wondering I have been fair or not.

My English is getting very poor and rusty. I will stop here and write again when "joie de vivre" takes over me and even my English pushes forth in real neat way.

Bao Bao has written you countless letters I am sending you this one.

Tell John, my article somehow never come to anything, and only Gods know why I still hope to finish it. Don't get disgusted yet. Pray for me.

Love and love and love

Phyllis

You must both write more Chinese. We will help, anyway you suggest.

「译文」

慰梅，慰梅，慰梅：

（我在信封上写的是正清的名字，这么做对寄到贝列尔学院[89]来说更合适。）

上次收到你的回信，我非常开心，高兴劲儿还没过，又来了一封，我不得不马上给你回信。因为你寄来的信不走西伯利亚这条线，所以一封信通常要五十天才能送到（只有一次例外，那次寄来的稍微快点），正是这个"时间差"，导致我有很长一段时间没有（或者说不能）及时给你们写信。也因为如此，一切都变得非常令人沮丧。我们都喜欢看那些关于在哪里、怎么样的"打字报告"，但从感情上讲，它们总是有些不尽如人意。

你在信中说担心我的生活方式，因为我总是四处奔波帮助别人，为很多事烦恼，还缺乏锻炼等。确实，我总是把时间浪费在奴役自己和为一些小事操劳上，导致我什么事都做不成，直到——我的意思是除非命运眷顾我并发生改变，否则这些对我来说几乎都是致命的。目前看来，命运是不会眷顾徽因的，不过作为梁家的一员，她在各方面表现得都还不错。天气很好，所有人都把房间重新裱糊、布置、粉刷了一遍，希望以后的日

---

89 贝列尔学院，英国牛津大学所属学院，1936年费正清在此获得博士学位。

子可以更美好。我给你画了一幅《床铺图》，你一看就明白。

慰梅，慰梅，我再给你写一些新鲜趣事又有什么用呢……光看这些床铺！它们难道不令人兴奋吗！！！！有趣的是，当按照标出的公共空间或多或少地放置好这些床之后，睡在床上的人会一个接一个地去吃早饭，按照各自不同的风格在他或她的房间里喝茶！！！你下次来北京，可以考虑住在梁氏公寓！

我要开始另一页了。

此时此刻，孩子们放学回来了，他们非要看这幅《床铺图》，想看看各自的床在哪里，等等等等。宝宝总是为她的衣服发牢骚，因为天气逐渐暖和起来了。海伦的衬衫现在有点过时了。达丽心灵手巧，她把一条不穿的绿裙子改成灯笼短裤给从诫穿。

不，不，不，我可没想让你觉得我沉溺于家务事——尽管"生活的欢乐"占据了我的内心，但我还能想到自己的事。虽然类似的情况不多见，但还是有的。

没错，我的确能理解你的工作方式，因为很多时候我也是以同样的方式对待工作的，只是偶尔会跟你很不一样。当工作方式成为"'欢乐的生活'的纯粹产物"时，我就能达到一种最佳状态。说真的，当我发现、知道或者已经学会理解某件事，并且想把这个秘密严肃而认真地告诉别人时，不管事情是开心的还是悲伤的，都是从我内心深处迸发出来的。对我来说，真正的"读者"并非"公众",而是那些比我周围的亲戚朋友更理解我、同情我的人,他们迫切地想要听我说的话,还会因为我所说的变得悲伤或高兴。做家务时,我总会觉得有些遗憾,因为我忽略了某个地方和一些我虽不认识却能吸引我的重要的人。为了能去跟别人"谈论",我总是把手头的活儿匆匆忙忙地干完,于是当手头活儿太多忙起来没完,或者接连不断地有新活儿出现时,我就会变得不耐烦。所以说我根本不擅长做家务,因为我常常一心二用,甚至抱怨手头在做的事(尽管我实际上喜欢这个差事并且做得非常出色)。反过来,如果是我正在写作或做着跟写作相关的事的时候,突然意识到我忽略了我的家庭,我的内心一点儿也不觉得愧疚,反倒会觉得更加高兴和明智,因为我正在做的事更有意义——只有孩子生病或体重下降时我才会感到愧疚和不安,甚至会半夜醒来反复琢磨我这么做到底对不对。

我的英语变得越来越差,也越来越生疏了。先写到这儿吧,等"生活的快乐"再次占据我的身心,我的英语也变得更好些时再写吧。

宝宝给你写了不少信,现在寄给你一封。

告诉正清,我的文章总是没有头绪,上帝才知道为什么我还想着要完成它。别为此厌烦我,为我祈祷吧。

爱你，爱你，爱你

徽因

一九三六年五月七日

你们俩都要多写中文。
无论你们提出什么要求，
　我们都会帮忙的。

致费慰梅
1937年11月24日

November 24, 1937

Dear Dear Dearest Wilma and Family and the rest of people near by,

  You must be worried by now! But you must not. If things were to come to the worst for us, we are only in a way being released from the present rather terrible strenuous dark and unhappy existence...The thing is to live to see it through or to be released when life becomes more and more of a horrible experience...We can not help not coming out one way or the other, can we?! Meanwhile as a matter of fact, we will always struggle to live. As for instance we did yesterday . Our house scored almost a direct hit from a bomb during the first air raid of Chang Shia. The bomb dropped 15 yards away from the door of the house in which we had three rooms as our temporary home. We were all home at the time, mother, tow children, Ssu-Cheng and I. Both children were sick in bed. The bombers came unexpectedly (there was some negligence about giving alarm signals beforehand) ...

No one knows how we managed not being blown to bits. Our house was in pieces just as we hurried downstairs after hearing some hellish crash and burn for the two bombs first dropped further away from us. It was by sheer instinctive action each of us picked up one child and rushed for the stairs. But before reaching the ground, the nearest bomb exploded which blew me up with 小弟 in my arms and then threw me down again on the ground unhurt. Meanwhile the house started to crack and every bit of the much-glassed Chang Shia house, door and panels, roof, ceilings all came tumbling, showering down on top of us. We rushed through the side door (fortunately the wall did not give away or come down) and were out on the street choked with black smoke.

...

While we were running toward the dug out inside the temporary ground of "Tsing Hua, Peitan and Nankai Joined Colleges" another bomber started to descend. We stopped running thinking there was not a chance for us to get away this time, and we preferred to be close together rather than leaving out a few to live to feel the tragedy. This last bomb did not explode but dropped at the end of the street, on which we were running! All our things (very few now) are being excavated out of the glassy debris and we now stay temporary with friends here and there.

...

During little gaps we still gathered to eat together not in restaurants but enjoying my own cooking on a little stove in that 3 room suite in which we did practically every things that used to be spread out over the entire No. 3 Pei Tsung Pu Hutong. Much laughter and sighs over the past were exchanged but as a whole we still kept up our spirits. In fact in the evenings you will find the old Saturday friends wandering here and there looking for a bit of family warmth in those houses where wives and children have come to share the "national crisis".

...

We have come to decide to leave this place for Yunnan,... Our country is still not well-organized enough to give any of us any active war work, so we are merely war nuisance so far. So why not clear out and go further back in the corner.

Someday even that place is going to be bombed, but still we have no better place to go at present.

...

>All my love to all
>Phyllis

「译文」

最最亲爱的慰梅,以及你的家人和周围的其他人:

你们一定在为我们担心吧,请放心好了,就算面对最坏的情况,我们也会在当前可怕而紧张的黑夜和不容乐观的现实中采取放松的态度……当生活变得越来越可怕时,要么活着挺过去,要么选择释然……我们不得不选择这样或那样的道路,难道不是吗?当然了,事实上我们会继续奋力活下去。就像我们做的那样。日本轰炸机对长沙发动第一次空袭,我们的房子几乎都被炸弹击中了。当时我们在临时住所有三间房,一颗炸弹就落在距离门口十五码的地方。那个时候我们都在家——母亲、两个孩子、思成和我,两个孩子还生着病。轰炸机来得太突然了(防空警报有些滞后)……

没人能说清我们为什么没有被炸成碎片。听到两枚炸弹落地后发出地狱般的爆炸声,我们赶紧往楼下跑,房子也立刻被震得四分五裂。纯粹是出于本能,我们分别抱起一个孩子冲向楼梯。但是还没来得及到楼下,距离我们最近的炸弹就爆炸了。当时我怀里抱着小弟[90],炸弹爆炸形成的冲击波把我抛向空中,然后摔在地上,好在我们都没有受伤。就在这时,房子开始坍塌,长沙的房子几乎每一处都有玻璃,门、墙板和屋顶劈头盖脸地

---

90 小弟,指梁从诫。

砸下来。我们冲出侧门,来到黑烟弥漫的街上。

……

当我们跑向清华、北大、南开联合大学临时驻地里的掩体的时候,又看见一架轰炸机开始俯冲。我们以为这次一定躲不掉了,于是停下来,彼此靠拢,不愿意做那要承受悲剧的幸存者。结果这颗炸弹没有在我们这里爆炸,而是落在了我们奔跑的街道尽头。我们所有的东西(现在已经为数不多了)都是从碎玻璃中捡回来的。现在,我们在朋友们那里四处借宿。

……空袭之前,只要有时间,我们就会聚餐,不是去餐馆,而是在一个小炉子上欣赏我的手艺。在那三间房子里,我们几乎做了所有过去要在整个北总布胡同三号展开的事情。叹息声已经取代了过去的笑声,但总的来说,我们仍然精神饱满。事实上,你会发现,那些星期六的老朋友们每晚都会到处串门,从那些妻儿也来此共赴国难的人家中感受到些许家庭温暖。

……我们决定离开这里,到云南去……目前我们国家的组织力度还不够好,没能给我们大家积极为国效力的机会,所以到目前为止,我们只是战争的累赘。因此,为什么不腾出地方,到更远的偏僻处去呢?就算有朝一日云南也被轰炸了,但眼下我们实在没有更好的地方可去。

向所有人致以我全部的爱

徽因

一九三七年十一月二十四日

致费慰梅、费正清

1938年3月2日

March 2nd, 1938

Darlingest—of all people far and near,
still spelt Wilma and her John,

...I hesitate to start telling you things...after our bus in 长沙 station at five o'clock in the morning of Dec 8th. The whole journey from Chang Sha to Kunming should only cover seven to ten days by buses, but it took us 39 days, most of the time in bitterly cold weather. Half of the time in curious anticipation of "苗" bandits in wild mountainous districts. We have to pass through in very broken buses "of all kinds of makes and years". The two biggest episodes worthy of special mention were my getting acute Bronchitis（which was rapidly becoming something more serious such as Pneumonia）in a place called 晃县 at the border of 湖南 province next to 玉屏

县 of Kwei Chow province...We have to stop fifteen days in 晃县 waiting for busses which were at the time all taken away to help moving the aviation school cadets.

...we also waited for my recovery from a bad case of influenza-Bronchitis-fever of unknown origin or whatever it was which cost me hell of a time to pull through (one or two days the fever ran up to 41 and more and stayed in that dizzy height for the rest of the day without signs of giving me health to cope with the situation). The next trip incident happened two days after my getting out of fever.

...we resumed the journey in most desperate circumstance, we started at one a.m. to get onto the bus, and by three a.m. we packed in all our belonging (few enough) and ourselves into the car...fighting with a crowd to get some seats in a sixteen seats bus (which finally packed 27 people), and by 10 in the morning the car finally started moving, (that is) a windowless and starter-less and "everything-less" after that puff and shook, and have every difficulty in climbing even a flat stretch of road, left alone real high dangerous mountain ranges.

...the bus chosen to break down on top of a wild Kwei

Chow mountain, famous for bandits!...Again miraculously enough we reached a group of houses on the side of high cliff and were taken in for the night. Anyhow the main point is that we were again spared of a worse situation...

After this, episodes after episodes of broken cars, unexpected stops filled by unattractive inns to put up etc., with occasional magnificent scenery to make one's heart more twisted than ever in the face of it. The jade mountain stream, autumn red leaves and while it needs, sailing clouds above, old fashion iron chained bridge, ferries, and pure Chinese old city like 安顺 are all the things I like to tell you in great details mingling with footnotes of my own peculiar emotional reach at the time if possible.

Phyllis, with love.

「译文」

最亲爱的慰梅、正清以及远近所有朋友：

……我对要跟你们说的事情有些犹豫……我们乘坐的汽车于十二月八日凌晨五点到达了长沙车站。从长沙到昆明，乘坐汽车原本只需要七到十天，但这次我们竟然用了三十九天，而且大多数情况下都是在极其寒冷的天气下行进。我们当时有一半时间对"苗族盗匪"会不会在这荒野山区出现感到好奇，毕竟我们乘坐的是由各种零部件组装、年月已久的破旧汽车。有两件大事特别值得提一下，在湖南省和贵州省交界的玉屏县附近的晃县，我得了急性气管炎（并迅速变成了更严重的急性肺炎）……我们只好在晃县等汽车，并为此滞留了十五天，因为当时所有的汽车都被征用去运航空学校的学员了。

……同时，我们也在等我从不明原因的流感—支气管炎—高烧之类的糟糕状况中有所好转，这个病让我度过了一段痛苦的时光——有一两天，我持续高烧超过四十一度，其余时间也是处于眩晕的状态，没有任何迹象能够证明我可以恢复到适应这种情况的程度。直到我退烧的第二天，我们才开始继续逃难。

……在这种令人绝望的情况下，我们继续之前的行程。凌晨一点我们开始上车，直到三点的时候才连人带不多的行李一起装进车里。这辆车一共有十六个座位，最终上车的却有二十七人，为了能有个位置坐，大家互相争抢着。直到早上十点，这辆没有窗子、没有点火器，可以说样样都没有的车子才终于出发了，它喘着粗气、摇摇晃晃，在平路上行驶已经够费劲，更不用说走又陡又险的山路了。

……这辆车在一座因盗匪出没而闻名的贵州荒山的山顶出了故障！然后又似奇迹般地，我们走到峭壁旁边的一片房子那里，被允许晚上在此借宿。不管怎么说，我们还是陷入了一种更糟糕的境地……

之后，破车出乎意料地停驶，挤满毫无吸引力的客栈等给我们带来了一段段插曲。偶尔会看到壮丽的景色，但这让人比以往任何时候都更加心痛。宛如玉带的山涧、秋天的红叶，还有天上飘动的白云、老式的铁索桥、渡船、像安顺那样的纯粹的中国古城，所有这些我都想极其详细地告诉你，如果可能的话，还要加上我自己到达那里时的独特情感作为脚注。

爱你们的徽因
一九三八年三月二日

致费慰梅、费正清

1939 年 4 月 14 日

April 14, 1939

9 Post office St. Kunming

Dear, dearer and dearest Wilma and John,

...Every dear young aviator friend was there in the thick of the fight, which was the bravest as we found out later. He went after the enemy planes all the way out to the border with a faulty meter indicating his gas. He did not return till he shot down two and see them went down, miscalculated his gas. He had a forced landing two stations out and did not come back till the third morning by a slow train. We slept badly during the two nights he was missing. But were more than elated to see him again with a slightly injured jaw and to hear first hand news of the battle and its results, while the whole town is still rather vague about it.

I tell you these young boys are courageous pure heart

souls with very direct and simple faith in our country and enviable, but trained to use their skills simply to give up their lives simply if it needs be. They are very reticent boys; every one of them those who knew us have somehow grown attached to us in a very naive way, lot of affection have sprang up between us.

Many of them have no relatives in Kunming. They come to us or write to us like to their closest family. Many we know are away doing active work; some are here protecting our very lives in Kunming. One of them wrote to you about who plays very good Violin, most affectionate and winning one is now engaged to be married. Don't ask me what is going to happen to his girl if he marries and if something happen to him. We just can't answer things like that.

...

To make up for the long silence I let this letter go out like this!!

With love to you both from Phyllis、思成

「译文」

最最最亲爱的慰梅和正清:

每一位可敬的年轻飞行员朋友都在战斗最激烈的地方。此人是我们后来发现最勇敢的,他靠着一个故障的油表盘,一路追击敌机直到边境,直到击落两架敌机,看到它们掉了下去才返航,以至于算错了燃油量。他被迫降落在两站之外的地方,直到第三天早晨才坐慢车回来。在他失踪的那两晚,我们都睡得不好。不过,再看到他时,他只是下巴受了点轻伤,我们高兴极了。而且我们在全城尚未了解战况之时,就听到了战斗及结果的第一手消息。

我要告诉你们,这些年轻的小伙子们有着勇敢、纯洁的心灵,对我们的国家有着非常直接而朴素的信念,真令人羡慕。但他们接受的训练是一旦有必要,就会用他们的技术从容地为国捐躯。他们是一群沉默寡言的小伙子,每一个认识我们的人都以一种非常天真的方式对我们产生了依恋,我们之间产生了很深的感情。

他们中的许多人在昆明没有亲戚。他们来找我们或是给我们写信,把我们当作最亲密的家人。我们认识的许多人都远在前线奋战,有些人则在昆明保卫我们的生命。他们中有一人我曾经在信中告诉过你,就是小提琴拉得很棒,最深情、最迷人的那位,他现在已经订婚了。别问我如果他结婚以后出了意外,他的妻子会怎么样。我们实在不能回答这样的问题。

……

作为我长久沉默的补偿,我把这封信就这样送出去了!!

爱你们的徽因、思成

一九三九年四月十四日

昆明巡津街九号

致费慰梅、费正清
1940 年 9 月 20 日

Sept 20, 1940
Kunming

Dearest Wilma and John,

　　Reading your latest letter of August made me tearfully aware again your characteristic lump of unalterable affection for all of us here, who after such long silent interval of time, and in the face of such vast span of space, do not think that we deserve more than a fraction of the lump. Pains and pleasures and memories of all kinds sprang up from nowhere and got stuck in my eyes and nose and throat. The feeling is a welcome thrill for me, but it tore a hole in me, and forced me to sink in tears and make the best I can. I can't even swim, as Alice in Wonderland could in her own tears. Tears can drown me if there is a suspicion of sentimental current about!

I happened to be sick, or rather retired to bed with a terrible headache resulted from long days of struggle in the kitchen, when you letter to me was brought from the city by Lao-Chin, who casually waved the note-papers before me. It was nearing twilight. As soon as I read the first paragraph tears blocked out all lights before me, I just could not help it. My reaction was: How very "Wilma" is Wilma still. Whatever that may mean, it is something I am not able to express, except by being somewhat a fool sobbing into my pillow. To make the matter more heart-wringing, Lao-Chin came into the already darkened room, first talked of this and that then led the subject to the despairing most problem of our immediate decision to move out of Yung-Nan as we are ordered by the ministry of education, then launched into our embarrassing financial situations. I was not at all intelligent about what he was driving at till he said something about having some how came into possession of a hundred dollars in gold which we— the Liang family—can make use of etc, Ssu Cheng immediately enquired whether he got it through writing an article in English, which fact Lao-Chin denied. At this point I have already guessed the truth, Lao-Chin is never any good for a liar or a well intended conspirator for one thing, and what you two are capable of doing is well known to us, for another, I sensed the conspiracy right away. I began swimming in earnest, Alice-fashion! Since things stood this way you must now face my "long sad tail" as well.

But before I go on, I would like you to be clear about two points. First and foremost You and John are absolutely the dearest of the dearest kind of people which are not many to begin with, second your present has come just at the nick of time when we do really in bad need of it which fact makes it the more heart-wringing, and gratefully appreciated. What amazing consideration you have for us, and what a wretched recipient we feel we are in the whole ocean of oceanic barrier! No tears could help any feelings at this stage, I just feel limp and exhausted with the most inexpressible feeling to express all that is choking me since, if that will convey anything to you, here it is...wordless!

Reading your last made me also wonder whether unconsciously all my recent letters to you inclined to be either nonsensical or flip pant. If so, please forgive me. The tendency to be incoherently light and nonsensical was perhaps due to the fact that I wanted to maintain a reasonable cheerful strain in whatever I had to tell you, while I was not so cheerful about anything, even it may not lack comical aspects. Reality is too often painful. Unlike our dear old Lao-Chin, with his characteristic expressive command of English, ample sense of humor, thoroughly comfortable acceptance of things, covering all kinds of information at random, who has a warm ready laugh saved for friends at any unexpected comer. I was afraid if I had let myself go, the result would be a disastrously dull long letter, filled with grim details badly put, with nothing to relieve them.

It is so hard to put in a nut-shell letter to you, the picture of our lives here. Situations change too quickly, moods fluctuant in reflection. Emotionally we simply center on nothing but what passed by at the moment before us, with a vague ache for everything we valued and still take to be the best, and the most dependable qualities of life.

This feeling is invaluable and much needed here. We must casually allude to Wilma or John when we talk, and bring them very much to the foreground.

Your letter came this time a day before the moon-festival, the weather at this point was turning cool, with more and more Autumnal glow or flooding light, scenery was glorious. Everywhere fragrance edged the air-wild flowers remind one of thousands of the nicest feelings long forgotten. Any morning and afternoon the sun steals in curious angles to one's aching sense of awareness of quiet and beauty amid a helpless world of confusion and disaster. Wars, especially our own, loom larger than ever, close to our very skin heart and nerve! And now it is festival time, it seems more like an irony of...Logic (Don't let Lao-Chin see this).

Lao-Chin is giggling away in this room after hearing this by accident and said that this combination of words should be nonsense, but some-how isn't my defense is that "logic" should be often lightly used like any other words not tucked away, as he so often made it, like a miser. Lao-Chin is in his summer vacation, so has been for the last month out in the country with us. The more accurate truth being that he is "dormitory-less" like most of the professors of S. W. Univ. During this gap, they termed it "vacation", freed from classes but pestered and forced to worry about moving immediately to Sze-Chung.

We are now residing in a newly built cottage, at the end of a fair-size village 8 kilos N. E. of Kunming city, with considerable sceneries around and no military objective. Next a raised dyke, lined with tall straight pines li（原件有

缺) those in old paintings. Our house includes three large rooms, a kitchen where I principally involved, and a maid's room, which lies vacant, since no servant could be secured all these months now (though theoretically we still can afford, but actually beyond our means, about 70 dollars a month). During this spring, Lao-Chin has one extra "ear-room" built, attached to our main house, on one side. Thus the whole of Peitsung-Pu-Hutung group is at present intact, but heaven knows for how long now!

This house has unexpectedly cost three times the amount it was said to cost us, so exhausted our funds which were little enough. This put Ssu-Cheng and me in a rather amused state of embarrassing despair. (This is correct expression I think.) The house at the final stage of construction became a little comical though not unexciting. All those friends, who built similar cottages like ours in this neighborhood, delighted in pointing out to each other, each of our specific phase of ridiculous difficulty. Our house was built last of all, so in the end, we have to struggle for each plank of wood each piece of brick even each piece of nail required. We have to help in carrying material and actual carpentry and masonry, in order to move under the roof which does not even "cover the wind or the rain" according to classical definition you must have heard Ssu-Cheng lectured.

However we are now very much in the new house some aspects of it is not with out beauty, or comfort. In an amused way we are fond of it even sometimes, it seems that nothing short of a visit from Wilma and John, would do it justice! For it takes true friends to appreciate its real inborn qualities! I must stop here, will type the rest of the eight hand-writing papers out later, because Lao-Chin is waiting for it to go into town to mail his letter to Dolly. I have not a chance yet to write her, which I wanted very much.

My best love to everyone around there in America, specially Winthrop Street,and included. When you write next I may not even be in this house or this province. For we are again going to take hard, land to mountain. Kuei-Chow then to Sze-Chuan.

Phyllis, with love.

「译文」

最亲爱的慰梅和正清：

读了你们八月的最新来信，我又一次热泪盈眶地意识到你们对我们大家那种鲜明而不变的感情。经过如此长时间的沉默之后，面对如此遥远的距离，我不认为我们应该索取更多。痛苦、快乐和各种各样的记忆不知从哪里涌了出来，卡在我的眼睛、鼻子和喉咙里。这种震颤的感觉是我乐于接受的，但它在我身上撕开了一个洞，迫使我止不住地泪流满面。我甚至不能像《爱丽丝梦游仙境》里那样在自己的眼泪里游泳。我怀疑如果眼泪里有一股感伤的涌流，我会被淹死！

我碰巧病了，或者说因为在厨房里奋斗了好几天，头痛得厉害，只好上床睡觉。你们给我的信是老金从城里带来的，他漫不经心地把信纸在我面前晃了晃。天快黑了。我刚读第一段，泪水就遮住了我眼前所有的灯光，我实在是忍不住。我的反应是慰梅现在还是那么的"慰梅"。不管这意味着什么，我都无法表达，只能像个傻瓜一样趴在枕头上哭泣。老金走进已经暗下来的房间，让事情更加揪心了。他先是谈这谈那，最后把话题引向最令人绝望的问题——由于接到教育部的命令，我们立即决定搬出云南，然后就是我们令人为难的财政困境。我一点也不明白他的意思，直到他说了一些关于不知怎么有了一百美金的事情，这笔钱我们——梁家可以拿来用等等。思成立即问他是不是靠写的一篇英文文章得到的钱，老金否认了。这时我已经猜到真相了，首先，老金从来不擅长做一个说谎者或考虑周到的同谋者，而你们俩会做什么我们都知道；其次，我立刻察觉到了你们的合谋。我开始像爱丽丝那样认真游泳！既然事情是这样的，你们现在也必须面对我的"悲伤长尾"。

不过在我继续写之前，我想让你们明白两点。第一，也是最重要的，你和正清绝对是为数不多的最亲爱的那类人里面最亲爱的；第二，你们的礼物来得正是时候，我们正急需它，这使它更令人激动，真是感激不尽。你们对我们考虑得真周到，而在这重洋阻隔的亿万民众中，我们觉得自己是多么可怜的受助者啊！眼下，泪水无法表达我的感情，我只是觉得四肢无力，疲惫不堪，有种说不出的感觉，所有这一切都让我窒息。因为，如果这能向你们传达什么的话，那就是……无言！

读了你们上次的来信，我也在想，不知不觉中，我最近写给你们的所有信要么是毫无意义的，要么是轻率的。如果是这样，请原谅我。我写的信息是显得语无伦次，轻浮而荒谬，这也许是因为我想在告诉你们的任何事情上都保持一种合理的愉快心态，然而我对任何事情都不太高兴，即使它可能不乏好笑的一面。现实往往是痛苦的。不像我们亲爱的老金，他有独特的英语表达能力，有丰富的幽默感，对事物的接受能力强，对各种信息都能随机应变地掌控，在任何意想不到的地方，他都随时准备着为朋友们留下温暖的笑。我担心，如果我不顾一切地写下去，那结果将是一封极其枯燥的长信，里面充满了写得糟糕透顶的可怕细节，没有任何东西可以排解它们。

用一封简单的信向你述说我们这里的生活状况真是太难了。形势变化太快，情绪也跟着起伏不定。在情感上，我们什么都不关注，只是让它们擦身而过，并为我们所珍视且仍然认为是生活中最好的、最可靠的一切感到隐隐作痛。

这种感觉在这里是非常宝贵和急需的。我们肯定会在谈话时不经意地提到慰梅或正清，并且把他们放在最显著的位置。

你们的信是在中秋节前一天寄来的，这时天气正在转凉，绚烂的秋色越来越浓，光线越来越亮，景色极好。空气中到处弥漫着野花的芳香，使人想起早已忘却的千万美好感觉中的一种。在这个充满混乱和灾难的无助的世界里，任何清晨和午后，阳光都会以奇特的角度偷偷照射到一个人对宁静和美丽的痛苦感知中。战争，特别是我们自己的战争，比以往任何时候都更加逼近，逼近我们的皮肤、心脏和神经！现在是节日期间，这似乎更像是对……逻辑的讽刺（不要让老金看这句话）。

老金无意中听到了，说这个单词的组合是无稽之谈，然后在房间里咯咯笑了起来。不是我要在某些方面争辩,"逻辑"应该像其他词一样寻常易用,而不是像他常做的那样,像个守财奴藏起来。老金正在放暑假,所以上个月和我们一起住在乡下。更确切地说,在这段时间,他和西南联大的大多数教授一样是"无宿舍"的。他们将其称为"假期",不用上课,却不得不为马上要搬到四川而烦恼、忧虑。

我们如今住在一栋新建的村舍里,位于昆明市东北八公里处的一个中等规模的村庄边,周围风景优美,没有军事目标,旁边是隆起的堤坝,沿着堤坝是一排古画中那样高大笔直的松树。我们的房子包括三间大屋,一间主要由我用的厨房,还有一间空着的女佣房间,因为不能保证这几个月能用上用人(尽管理论上我们还能承受,但实际上超出了我们的预算,一个月大约要花七十美元)。这个春天,老金在我们的正房旁边加盖了一间"耳房"。这样,现在整个北总布胡同群就原封不动地过来了,但天知道还能维持多久!

出乎意料的是,建这栋房子的花费是之前告诉我们的三倍,把我们本来就不多的钱都花光了。这让我和思成陷入一种相当好笑的尴尬的绝望中。(我想这是正确的表达。)建房的最后阶段变得有些滑稽,虽然也令人兴奋。所有在这附近建了跟我们家类似小屋的朋友,都以相互说着每个阶段自己面临的可笑困难为乐。

我们的房子是最晚建的,所以到最后,我们不得不争取每块木板、每块砖,甚至是需要的每颗钉子。我们必须帮着搬运材料,还得亲自当木工和泥瓦匠,以便能搬进这个根据古典定义甚至不能"待风雨"[91]的屋顶之下,你一定听过思成的讲座。

不管怎样,我们已经住进了新房子里,它在某些方面不缺美丽和舒适。有趣的是,我们有时也挺喜欢它的,看来只有慰梅和正清来一趟,才算公平!因为它想要挚友们来欣赏它真正与生俱来的品质!我得在这里停笔了,稍后要将剩下的八页手写信打出来,因为老金正等着进城把他写给道丽的信寄走。我已经没有机会给她写信了,但我非常想写。

我向在美国,尤其是温斯罗普街的每一位朋友致以最诚挚的爱。你下次写信的时候,我可能就不在这栋房子里了,也不在这个省里。因为我们又要艰难跋涉地去往多山的贵州,然后去四川。

爱你的徽因

一九四〇年九月二十日

昆明

---

91 "待风雨",即遮风挡雨,出自《易经·系辞下传》:"上古穴居而野处,后世圣人易之以官室,上栋下宇,以待风雨。"

致费慰梅、费正清
1940 年 11 月

Nov, 1940
Kunming

Dearest Wilma and John,

In September I wrote you a long long letter and half of it was typed one and mailed. Then later a short note introducing a certain Mr. Bien who wrote a short story and wanted your help. I am in a persistent mood and write to you these days but I am always busy in a sense you would not quite know from what you have known of our lives before and so always have to postpone the writing. It is terribly sad. There are such a lot of things worth telling here not about ourselves but about all sorts of friends who had all sorts of work and novel living conditions, now the war is more than three years old—you can hardly imagine what that means.

My heart is still so forced and bound up with you in your

American home that some times it is hard to bear our separate over such long period of time. The end of this terrific war seem still a bit far off even we apply as much of wish-hope as we can onto any news we an gather from the papers. Japs are near exhaustion, but not near enough to please us. I am not a person to look back much, but even I am now only homesick, and we are going to Sze-chuan! Could that be another 2 or 3 year's affair?! Time seems to drag so.

Bombings are getting very bad now but don't worry, we are alright. We have much more chance to be safe than to be hurt really. We just felt numb or alert as the case turned out to be. Japs bombers or the machine gunning from this pursuit plane, are all like quick rains one can set one's teeth against compresses lips and let it pass over. Right over head or farer away they are all the same, a sick sensation in that day. Poor Lao-Chin who has to have classes in the mornings in the city—often started from this village at five thirty in the morning then to run into an air-raid before the classes even started then to walk out with a crowd toward another city-gate, toward another hill, in another direction, till five thirty in the afternoon and then to walk in round-about routes to get back to this village without having food or work or rest or anything for that matter! Such is life. George was fool enough to go to Shanghai to attend private business and was captured by the Japs and was all beaten up and went through horror in prison. His wife is still here, we just saw her off Hong Kong bound. George is how released but when to return here is doubtful under watchful eye. Such is also life. But friend "Icy Heart" is flying to Chung King to take up an official job there (as nonsensical and useless as anything can be) and she is taking her whole household and people on an areoplane and whole household of things on a chartered truck through maneuvering when hundreds of people on real important jobs are not allowed to travel on account of our limited gasoline problem at present. She must be very valuable to our country indeed! Sorry to disclose such an unattractive news! Things vary here from the very gutty to the very discouraging wasteful not. Such is life too.

We are leaving for Sze-Chuan by riding a truck astride-wise with 31 people ranging from 70 years old to a new born baby with only 80 kilo luggage allowance for the entire family（以下原件不清）.And I am leaving all my friends I have known ten years. It is too（以下原件不清）

All my love ever ever

Phyllis

「译文」

最亲爱的慰梅和正清：

我在九月给你们写了一封长长的信，其中有一半是打的字，已寄出。之后我又写了一封便笺，介绍一位名叫卞先生的人，他写了一篇短文，想请你们帮忙。这些天我情绪高涨，一直想给你们写信，但我总是在忙，忙一些以你们之前对我们生活的了解来说并不易懂的事情，所以总是不得不推迟写信。这真令人难过。这里有很多事情值得告诉你们，不是关于我们自己的，而是关于各种各样的朋友的，他们有各式各样的工作和新奇的居住环境。现在战争已经持续三年多了——你很难想象这意味着什么。

我的心仍然紧紧地和身在美国家中的你们连在一起，我们分开这么长时间，有时候真让人难以忍受。即使我们对从报纸上搜集到的任何消息都抱有极大希望，但这场可怕的战争似乎离结束还有一段距离。日本人快累垮了，但还不足以让我们高兴。我不是一个怀恋过去的人，但即便是我，现在也只是想家，我们就要去四川了！又要在那里待两三年吗？！时间似乎过得很慢。

现在轰炸越来越严重了，但不必担心，我们都没事。比起真的受伤，我们平安无事的机会要多得多。我们只是会根据实际出现的情况而感到麻木或者警觉。日本轰炸机（投下的炸弹）或者歼击机机关枪（喷射的子弹）都如倾盆大雨一般，你只能咬紧牙关挺过去。不管它们在头顶还是远处，都是一样的，那天的感觉真让人不舒服。可怜老金早上必须到城里教课，经常早上五点半就从村子出发，甚至在上课前就会遇到空袭，然后和一大群人朝另一个方向的另一个城门、另一座小山奔去，直到下午五点半，然后绕路走回村子，没有吃的，没有工作，没有休息，什么也没有！生活就是这样。乔治[92]真够蠢的，竟然跑去上海办私事，被日本鬼子俘虏了，在监狱中遭受毒打，过着恐怖的日子。他的妻子还在这里，我们刚送她去香港。乔治已经被释放了，但在监视之下何时能回到这里还很难说。这也是生活。但朋友冰心正要飞往重庆，她在那里拿起一份公差[93]（这种事情没有任何意义和用处），她要带着全家人坐飞机，用调派的特许卡车运走所有家当。然而眼下有数百名从事真正重要的工作的人，却因为我们燃油不足的问题而不允许跑远路。她对我们国家一定很有价值！很抱歉告诉你这个无趣的消息！这里的事情千差万别，从朝气蓬勃的到非常令人沮丧的都有。这

---

92 乔治，指时任西南联大教授、外文系主任的叶公超。1940年，他应叔父叶恭绰电召去上海保护毛公鼎，后被日军拘捕拷问，关押39天。
93 1940年，在昆明郊区呈贡县简易师范学校授课的冰心应宋美龄之邀去重庆，做妇女指导委员会文化教育方面的工作。

也是生活。

我们要去四川了,和上至七十岁老人下至新生婴儿的三十一位同行者骑跨[94]在一辆卡车里,全家只允许携带八十公斤行李……我要离开所有这些已经认识十年的朋友,这太……

永远爱你们
徽因
一九四〇年十一月

---

94 骑跨,指叉开腿骑坐在行李上,这是当时中国常见的出行方式。

致费慰梅、费正清
1941年8月11日

August 11, 1941
Li-Chuang

Dearest Wilma and John,

　　Even though I am almost 100% sure that the japs will not drop any bombs over this little out-of-the-way village-town Li-chuan, yet the 27 planes that flew right over our heads an hour ago with that indescribable droning sound give me still the creeps—that queer sensation of being afraid of being hit any moment. They have gone up-stream, bombed somewhere, probably 宜宾, and back again now over our head with the same leisurely flight with that menacing drone, and deadly purposiveness. I was going to say that this makes me sick, then I realized that I am already very sick, and this only makes me momentarily sicker, with a slight rise of temperature and uncomfortable quickening of heart beats...You can tell from what I have just described that none of us can ever be remote from war, at any point in China today. We are integrally bound up with it whether or not we are doing the actual fighting.

...I am fortunate enough to have a country maid who is good and faithful, very young and nice-tempered. But if you have only 7 old pillow cases and about that number of sheets of different sizes and strength among 5 members of the family, and knowing that white cloth is as unavailable as gold leaf in the market, you would not like the shock of seeing half of the sheet and two of the pillow cases in shreds after one vigorous—evidently conscientious—washing. Or when you know that buttons are unavailable in any shop, you won't like to see many 1/2-buttons dangling on shirt fronts after the laundry. We don't like to see either old shirts too strained and haggard after each washing when the price of any shirt is $40 up. This applies ad infinitum, to food as well as household articles of any kind, in the hand of this maid. Of course, whenever we can, we use the unbreakable, but nothing seems to be unbreakable, and everything is either terribly costly or irreplaceable.

Slow tempered and always prefers to handle any work one item at a time, Ssu-cheng is least capable of taking care of household odds and ends. And odds & ends there are galore, rushing at him like different train pulling into Grand Central at any time. I am still the station master of course, though he may be the station! I might be run over, but he can never be. Lao-Chin is that sort of visitor who is either seeing people off or meeting someone at the train, slightly disturbing to the traffic, but make the station a little more interesting place and the station master a little more excitable.

At this point, Lao-Chin thinks he ought to say something since his presence here is made known to you.

Phyllis with all her love

「译文」

最亲爱的慰梅和正清：

尽管我几乎百分之百地肯定，日本人绝对不会往李庄这个偏僻的小镇投炸弹，然而一小时前二十七架飞机从我们头顶飞过，那种难以形容的嗡嗡声使我毛骨悚然——一种害怕被随时攻击的异样感觉。它们已经轰炸了上游的某些地方，可能是宜宾，现在又回到我们的头顶上，像刚才那样带着不祥的嗡嗡声和险恶的意图慢悠悠地飞着。我想说这让我很不舒服，然后我意识到我已经病得很重，这只会让我此刻更加难受，体温稍微升高，心跳不适地加快……你能从我刚才讲的情况看出，在今日中国的任何地方都没有人能够远离战争。无论我们是否在进行真正的战斗，我们都被紧紧连在一起。

……我很幸运地有了一个善良老实的乡下女佣，她很年轻，脾气也很好。但如果你们全家五口人只有七个旧枕套和大概这个数的尺寸与质量不同的床单，并且知道市场上白布和金箔一样难买，你是不会喜欢看到一半的床单和两个枕套在被用力——显然很尽责——清洗之后变成破布。或者当你知道任何店铺都买不到纽扣时，你不会希望看到一半的扣子挂在洗后的衬衫正面。如今每件衬衫的价格都在四十美元以上，我们不想看到任何一件旧衬衫在每次洗完后都显得太过紧绷并且皱巴巴的。这个女佣经手过的各种食物和家居用品都会出现这种情况。当然，只要有条件，我们就会用不易破的东西，但似乎没有什么东西是不易破的，所有东西要么非常昂贵，要么无法替换。

思成是个慢性子，喜欢一次只处理一件事，最不擅长处理家庭琐事。这里零零碎碎的事情很多，就像随时驶进纽约中央车站的不同列车一样冲向他。当然，我仍然是站长，但他也许就是车站！我可能会被车碾过，但他永远不会。老金是那种在列车上送人接人的访客，稍微扰乱了交通，却让车站变得更有趣，让站长变得更兴奋了些。

说到这里，既然你们已经知道老金在这里，他觉得自己应该说点什么。

爱你们的徽因

一九四一年八月十一日

李庄

致费正清

1943年6月18日

June 18th, 1943

Li-Chuang

Dearest John,

　　...Professor Needham has been and fed on a fried duck and departed. At first most people were inclined to bet with each other, on whether or not Professor N. was ever to smile during his stay in Li-Chuang. I admit that Li-Chuang is not an over exciting place, but still we might have reason to expect one little smile from so ardent a lover of Chinese early science, who had taken all the trouble to come to China during such a war. Finally one smile broke through the conversation, when the worthy professor was in the company of Mr and Mrs Liang who sat up in bed, he was much delighted that Mrs. Liang speaks English with an Irish accent , he said. I was not aware that the English likes the Irish so much before! Later in the afternoon, on the last day of his visit, when tea was served with little cakes in the National Museum (according to Mrs. Liang's suggestion of course) Prof. N. was said to be even lively. Such was the proof of the English people's love of tea.

...

Many have remarked that Liang Ssu-cheng should be given the Nobel Prize for peace this year for having successfully brought about a very friendly handshake between Dr Tao Men-Ho, and Dr Fu his-nien. It was moment just before Prof N. was to deliver a lecture in the academia Auditorium. Many clapped their hands in secret, according to report. Dr Li Chieh went up to shake Liang Ssu-cheng's hand and awarded him privately the Nobel Prize for peace.

Yet after reading Tolstoy's pains-talking record of human beings between the years of 1805 to 1812 in an area between Petersburg and Moscow, I had to admit that human beings in Li-Chuang and Chunking or Kunming or Peiping or Shanghai, between the years 1922 to 1943 are terribly similar to those described in "War and Peace" of a century ago in outlandish Russia even. So why not reconcile with it all. I mean life and people in general.

Love Phyllis

「译文」

最亲爱的正清:

……李约瑟教授刚才在这儿,他吃了一只炸鸭,现在已经走了。起初,大多数人都想要一起打赌,赌李教授在李庄时会不会笑。我承认,李庄并不是一个让人过于兴奋的地方,但我们仍然有理由期待这位如此热爱中国早期科学、在战争期间不怕麻烦地来到中国的人会露出一丝微笑。最后,这位著名教授在与梁先生和坐在床上的梁太太的交谈中突然露出了微笑,他说他很高兴,因为梁太太说的英语带有爱尔兰口音。我以前不知道英国人这么喜欢爱尔兰!在访问的最后一天傍晚,李教授在中央博物院[95]接受了茶点招待(当然是梁太太建议的),据说他实际上很活跃。这证明了英国人对茶的喜爱。

……

许多人曾说,梁思成应该获得今年的诺贝尔和平奖,因为他成功促成了陶孟和博士和傅斯年博士之间友好的握手。当时,李教授正要在学术礼堂发表演讲。根据传回的消息,许多人都在悄悄鼓掌。李济博士上前和梁思成握手,并私下授予他"诺贝尔和平奖"。

95　1940年,中央博物院、中央研究院、中国营造学社等一批文化科研单位迁至李庄。

然而读了托尔斯泰关于一八〇五年至一八一二年圣彼得堡和莫斯科之间某一区域各色人物的详细记录之后，我不得不承认，一九二二年至一九四三年，李庄、重庆、昆明、北平、上海的人们与《战争与和平》中描述的一个世纪前古怪的俄国人极为相似。所以，为什么不能完全和解呢？我指的是一般而言的生活和人民。

爱你们的徽因

一九四三年六月十八日

李庄

致费正清
1946年1月

Jan 1946
Chongqing

Dearest John,

...China is my country, and I have suffered in seeing it being torn this way and that way for so long, and I myself with it. We have suffered and born great many pains all these years to live in the midst of one revolution then another during all the years of one's life, is no joke at all, maybe that is the reason when I detect someone being just casual about something the consequence of which could affect millions of us, it makes me seriously unforgiving.

I have waited patiently in bed for the last four years for nothing but the "victory day", what followed this V. Day I did not stop to think—I daren't think too much on it, now it has come, and together it brought our civil war, and what is worse, a real tear and wear for a long time to come. It is more than unlikely I would live to see one peaceful day (in the sense I have always hopefully been looking forward to seeing it realized). It is rather hard for me just to fret in ill-health till I pass out. It isn't that I didn't have the better living of the mass in mind; it isn't that I don't believe in revolutionize great many of our systems etc. It is the war, war, big and small, war, here and there, war, day in and day out, that I can't bear any more.

Ever Whei

「译文」

最亲爱的正清：

……中国是我的祖国，这么长时间以来，我目睹了中国被这样那样地撕裂，我自己也深受其害。人一生中的全部岁月都在经历一场又一场革命，生活在其中的我们，这些年来经历了也生出了许多巨大的痛苦，这一点儿也不是开玩笑。也许这就是当我发现有人对一些可能影响我们数百万人的事情漫不经心的时候，就觉得无法饶恕的原因。

在过去的四年，我一直在床上耐心等待"胜利日"的到来，"胜利日"之后呢？我没有停止思考——虽然不敢想太多。如今它来了，随之而来的是我们的内战，更糟糕的是，这将是一场漫长的撕裂和消耗。我不太可能活着看到和平的那一天了（从某种意义上讲，我一直满怀希望地期待着和平的到来）。对我来说，在身体不适的情况下烦躁不安直至失去知觉是很辛苦的。这并不是说我没有考虑过大众应有更好的生活；也不是说我不相信我们的很多体系会发生革命性的变化。这就是战争，战争，大大小小，到处都是，战争，日复一日，我再也受不了啦。

永远爱你的徽因
一九四六年一月
重庆

致费慰梅
1946 年 2 月 28 日

Feb 28th, 1946

Kunming

staying with Chang Shiro to Mar, 2

Dearest Wilma,

...I am at last again in Kunming, of the three things I came here for, one at least has been thoroughly realized, as you know, I came here to have a good opportunity to become well, then I came to see the uniquely glorious lights and colors of this sun-soaked wind-teased and flower-filled city and lastly, and not least, I came not only to see again but to communicate with my old friends, the first two objectives were not yet realized, since I am still as sick as, and even less well than when I was in Chongqing, and have been confined to bed ever since my arrival. But of the last, I do now enjoy more than ever, when I had hoped that I would be able to enjoy, but even the most extravagant hopes I had entertained when I was alone in Lichuang and be compared with the real and overwhelming delightful experience of these days.

It took 11 days to get all sorts of odd information of both the lives progressing along under to special circumstances of Kunming and the lives lived in their inevitable pattern in Lichuang community straightened out for the convenience of the conversing friends now at last meet and gather here, the old bridge of deep mutual love and understanding set up and expanded in less time than any of us has expected it to take. In two days or so, we know very perfectly where each of us has been emotionally and intellectually.

Views on national political situations, family economics, persons and societies, in and out of wars in general, were freely discussed and none of us has difficulty understanding how each of us come to feel and think that way. Even when the conversations were most ramble, there is always between the several of us that soothing flow of limpid current of mutual confidence and interest, not to say the added new gratification and fresh stimulations which are the result of this sudden coming together at an eventful time.

...Not until this time was I always of the delights of ancient (say TANG or Sung,) poets who had lacked means to travel, suddenly encountered their friends en route to their meager official poets here and there in a little inn, or on the same river in boats, or in a temple with monks as their hosts. How they had poured out their souls to each other in their long talks!

Our age may be different from theirs, but our meeting this time has many similar points, we have all aged greatly, gone through peculiar form of poverty and sicknesses endured long war and poor communications and are now apprehending great national strife, and a difficult future.

Besides, we meet at a place distant from our home and where we were compelled to live by circumstances and not by choice, the longing for going back to the place where we spent are happiest times, are somewhat like the Tang people for their 长安 , and Sung people for their 汴京 , we are torn and shattered, we emerged through various trials with new integrity good, bad or indifferent; we have not only tasted life, but have been tested by its grimness and hardship. We loose much of our health though none of our faith ,we know now certain enjoyment of life and suffering are one.

...How am I to describe it all?!!! Everything that is most beautiful standing sentry all around the garden, up in the clear blue sky and down below the cliffs and beyond to where the hills are...Kunming is and is still being Kunming, and this garden knows its own charms. The only question remained... be myself which is unfortunately still too cock-eyed in health and spirit. That my breathing should be like this after coming here...was a surprise and disapointment, but according to... Li-chi Tung, I would...accustomed to the height and the pounding of heart beats would be restored to normal, and breathing quiet down.

This is my tenth day in this new house. I have already grown so used to this place that now I have lost the urge to describe to you the variety of furniture, the ingeniousness furnishing in this room, the room is so spacious and the window so large that it has an effect of early Gordon Graig stage design. Even the sunlight in the afternoon seemed to have obeyed his instruction by coming through the window in a certain illusive manner with splashes of faint moving shadows thrown on the ceiling by the swaying branches outside.

If only Lao-chin and I would invent dialogue to suit,

it could have been a part of a masterpiece of a drama. I am sure. But he sat at present at a little round table with his back against the light and myself (hat on as usual) , and intent on his writing.

Since I am not allowed to talk at all, then I manage to have a little more than allowed my ration. This so called "conversation" is often slack and broken and really not doing justice to this setting, but then such is life...The height and whatever it is that is so trying to me, made me so short breathed that often I felt like one who had just run for many miles. I had to be ever so much more quiet than when I was down in Sichuan, in order to give myself the rest I need.

All my love to you and J.

Phyllis

「译文」

最亲爱的慰梅:

……我终于又到了昆明,我来这里是为了三件事,至少有一件已经彻底实现了。如你所知,我来这里是为了有一个康复的好机会;其次,我是来看这座阳光普照、惠风和畅、鲜花盛开的城市独特的绚丽灯光和色彩的;最后,同样重要的,我来这里不仅是为了再看看老朋友,也是为了和他们交流。前两个目标尚未实现,因为我还在生病,甚至比我在重庆时还要差,自从我到这里后就一直卧病在床。不过就最后一件事来说,现在的我比以往任何时候都更加享受。我过去曾希望我能过得快活,但即便是我独自在李庄时最奢侈的希望,也不能与这些天真实而难忘的愉快经历相比。

我花了十一天的时间去获取各种零散信息,包括在昆明这种特殊环境下的生活方式,以及他们在李庄社区那种不可避免的模式下的生活,并将它们理顺,以方便与现在终于聚在这里的老朋友交流。出乎我们所有人的预料,那座彼此深爱与理解的古老桥梁在更短的时间内就被架起并扩展了。在两天左右的时间里,我们就非常清楚地知道了每个人的情感和学术进展。

我们自由讨论了关于国家政治局势、家庭经济、个人和社会的观点,无论是战争之中还是战争之外,也不难理解每个人是如何产生这种感觉和想法的。即便是最随意的谈话,我们几人之间也有一股彼此信任、趣味相投的清澈水流抚慰着。更不用说在这个重要时刻,这种突然的相聚带来了新的乐趣和激励。

……直到这个时候,我才明白那些缺乏旅行工具的古代(是说唐或宋)诗人,在被贬途中忽然与朋友在小客栈,在船上,在僧人作为东道主的庙里的快乐。他们是怎样在长谈中向对方倾诉灵魂的!

我们的时代可能与他们不同,但我们这次的相会与之有许多相似之处,我们都老了很多,经历了特殊环境下的贫穷和疾病,忍受了长期战争和通信障碍,如今正面临着激烈的国内冲突和艰难的未来。

此外,我们在一个远离家乡的地方见面,我们的生活是环境所迫而不是自己选择的,渴望回到我们度过最快乐时光的地方,有点像长安之于唐人,汴京之于宋人。我们被撕得粉碎,带着全新的或好或坏或中立的品质经历各种煎熬;我们不仅尝到了人生的滋味,而且经受了它的严峻考验。我们的健康受到严重损害,但信仰依旧。我们现在知道,生活中的苦与乐其实是一回事。

我该如何来形容这一切呢?!!!一切最美的东西都在花园四周放哨,在晴朗的蓝天上,在悬崖下,在山的那边……昆明仍旧是昆明,这座花园熟知它自己的魅力。剩下的唯一问题在于……我自己,我的身体和精神依然不甚乐观。来到这里之后,我的呼吸竟然是这样的,这让我感到惊讶和失望。不过按照李奇同[96]的说法,当我习惯这里的海拔之后,这种剧烈的心跳就会恢复正常,呼吸也会平静下来。

这是我在这所新房子里的第十天。我已经习惯了这个地方,已不再急于向你描述各种各样的家具了。这间屋子布置得很巧妙,房间很宽敞,窗户也很大,有一种戈登·格雷格[97]早期舞台设计的效果。甚至午后的阳光似乎也听从着他的指挥,以某种虚幻的方式从窗子里射进来,在天花板上投下窗外摇曳的树枝缓缓移动的影子。

如果老金和我能创作出适合的对白,我敢肯定它会成为一部戏剧的精彩篇章。但他这会儿正坐在小圆桌旁,背对着光亮和我,(像往常一样戴着帽子)专注于写作。

既然他们一点儿话都不让我说,那么我就设法多说一些。这种所谓"谈话"往往是松散零碎的,真是辜负了这样的布景,但生活就是如此……这里的海拔和其他什么东西让我很是难受,我总是气喘吁吁,感觉像一个刚刚跑了几英里的人。我不得不

---

[96] 李奇同,Li-chi Tung 的音译。
[97] 戈登·格雷格(Gordon Craig),英国现代派戏剧艺术家。

比在四川躺着的时候更加安静，才能让自己得到足够的休息。

把我全部的爱给你和正清
徽因
一九四六年二月二十八日
昆明
和张奚若一起待到三月三日

致费慰梅

1947年10月4日

October 4th, 1947
In a Hospital In Town, Peiping

Dearest Wilma,

　　...Any way, I'd better tell you why I am here in this hospital. Don't get uneasy. I am only here for a general overhauling; just to mend a few hinges here and there—perhaps stop a few roof-leaks and put in a few mosquito-screens—to put them all in our architectural terms. Yesterday evening, troops of interns, young resident doctors, went over with me the history of my case, like going over the history of two wars. We drafted Agenda (like Jonh F, so often did) and formed various sub-committess on the problem of my eyes, teeth, lungs, kidneys, diet, amusements of philosophy. We left out nothing, so we came to as much conclusion as all the big conferences came to about the world situation today. Meanwhile, a great deal of work have been started, to see what is wrong and where, all the modern forces of technical knowledge are to be employed. If tuberculosis is not co-operating, they should be. This is the logic of it.

I will stop all this nonsense and tell you about my room here in this building. This beautiful creation of the Early-Republic-"Min-kuo"-"Yuan Shih-kai"ish-foreign-contractor-German-Baroque four-storied building! My two tall and narrow formal windows face the South and over-looking the entrance court where one sort of expects 1901 automobiles, carriages and Chinese early Republic-Mandarins to adorn the cement Baroque steps and paths...

...I took an opportunity to go to the Summer Palace with Bao-bao and her youngster friends (among them the brilliant young poet of whose poems Wang Tso-liang reviewed in "Life and Letters", published in London). Any way I got as far as the gate of the Summer Palace by rickshaw, then the problem of getting about inside the Summer Palace arose, and finally had to take a sedan chair, costing seventy thousand dollars for a round trip, going right through on the top of the ridge of the hills at the back of the Palace where I loved most and was with the Steins once. It was a success; the weather was marvelous after a night of rain. We could see miles around. The kids were very happy accompanying me on foot. I felt royally important to have so much service and attention from them.

Lao-Chin and Ssu-cheng were sweet enough to keep house for us while we were gone for the day. Even my mother went along with us. I have a few snapshots taken quite worthy of the occasion. You see, I emerge from under deep waters and take what may be termed "unnecessary activities", without it, I might have passed-out long ago, like an oil lamp in exhaustion-sort of faded away, winked, blinked and gone!

Phyllis

「译文」

最亲爱的慰梅：

……无论如何，我最好告诉你我为什么在这家医院。不要感到不安。用我们的建筑术语来说，我来这里只是为了做个大检修，仅仅是修补几处合页——也许可以阻止一些屋顶漏水，并放入几扇纱窗。昨天晚上，一群实习医生和年轻的住院医生同我一起仔细检查了我的病历，就像回顾了两场战争的历史一样。我们拟定了日程（就像正清常做的那样），针对我的眼睛、牙齿、肺、肾、饮食，以及娱乐原则这些问题组成各种小组委员会。我们没有遗漏任何东西，所以我们得出的结论规模堪比所有讨论当今世界局势的大型会议。与此同时，大量工作已经展开，来看是哪里出了问题，用上了所有现代技术知识的力量。如果肺结核现在不合作，它们迟早要合作。这就是其逻辑。

不聊这些废话了，跟你说说我在这栋楼里的房间。这是一栋民国早期的、"袁世凯式"的、由外国承包商建造的德国巴洛克式四层建筑！我有两扇狭长的朝南正窗，从那里可以俯瞰入口处的庭院，那里有这么一种期盼——一九〇一年款的汽车、马车和民国早期的官员装饰着巴洛克风格的水泥台阶和小路。

……我找了一个机会去颐和园，同行的有宝宝与她年轻的朋友们（其中有才华横溢的年轻诗人王佐良[98]，他的诗作曾被出版于伦敦的《生活与信件》[99]点评）。无论如何，我坐黄包车到了颐和园门口，接下来就是在颐和园里走动的问题了，最终我不得不雇了一顶轿子，来回花费七万块钱[100]，抬着我穿过宫殿后面的山顶，那里是我最喜欢的地方，曾经和斯坦因[101]夫妇来过。这次出游非常成功。下了一夜雨之后，天气好极了，可以看到方圆数英里的地方。孩子们高兴地走路陪着我。能得到他们这么多的照顾和关心，我感到自己非常重要。

我们走了一天，我母亲甚至也和我们一起去了。老金和思成非常贴心地替我们看家。我有几张很适合这个场合的快照。你看，我从深潭中挣脱出来，做一些所谓"不必要的活动"，如果没有这些，我可能早就不行了，就像一盏即将耗尽的油灯，一闪一闪地就消失了！

徽因
一九四七年十月四日
于北平城的医院

98　王佐良，时任清华大学讲师。
99　《生活与信件》（*Life and Letters*），1928年6月至1935年4月期间出版的英语文学杂志。
100　指当时急剧贬值的法币。
101　斯坦因，即美国建筑学家克拉伦斯·斯坦因（Clarence Stein），他曾于1936年来北平考察。

致费慰梅

1947 年 11 月 10 日

10th November, 1947

Dearest Wilma,

...On one grand occasion, Mr Liang showed me off fully equipped with collapsible, reversible, and connectable and disconnectable mechanisms to the teeth, sitting in bed with an adjustable canvas back support, fitted in front by an adjustable writing-and-reading stand and Autograph plugged into an electric transformer which dually plugged into an ordinary plug of this house, a magnifying glass in hand and was to behave as a carefree young lady of the modern age, as much as Charlie Chaplain once was, while eating a piece of corn-on cob by an ingenious machinery.

...

Up to this point I am advised to conclude this letter right

here with "yours indefinitely", since I am tired and I would not be able to finish all that I wanted to say. But I simply must report on the autograph, or what you call the "recording machine" specially. Yes, we did hear all the greeting speeches recorded in the discs used. I must say they were confusing. Ssu-cheng sounded like Dr. Mei Yi-chi, Wilma sounded like John and John's throat voice was approaching Paul Robeson's. The best and most distinguished of all the speeches is that of Alien's, and no wonder. I feel terribly proud to have a professional artist "broadcast" in my collection.

So far I have done very little with this machine in the way it was intended to be used but let my children record playful conversations when there were gatherings. I felt like Emperor Chien-lung on occasions when he was presented with various foreign clocks. I dare say he let his court ladies play with them for a while. Now I really must conclude this letter, and hence...

(as it was so kindly suggested to me by the brilliant professor of logic.)

Yours indefinitely
Phyllis

「译文」

最亲爱的慰梅:

……在一个庄重的场合,梁先生当面向我展示了一个可折叠、可还原、可插接、可拆换的设备齐全的机器。我坐在床上,背靠着可调整的帆布,身前装有一个可调节的读写架,还有插在变压器上的"自动写信机",变压器又插在房子的普通插座上。我手里拿着一个放大镜,表现得像一个无忧无虑的现代年轻女士,又像查理·卓别林用一台精巧的机器吃玉米棒[102]。

……

写到这里,我被建议用"你永远的"来结束这封信,因为我累了,没办法把想说的话都写完。我只能在"自动写信机",或者被你们称作"唱片机"的东西上汇报我的情况。是的,我们确实听到了所有录制在唱片里的问候。我得说这些声音实在是令人困惑。思成听起来像梅贻琦[103]博士,慰梅听起来像正清,正清的嗓音接近保罗·罗伯逊[104]。在所有留言中,最精彩的是关于外星人[105]的,这也不足为奇。在我的收藏中有专业艺术家的"广

---

102 出自卓别林的电影《摩登时代》。
103 梅贻琦,时任清华大学校长。
104 保罗·罗伯逊(Paul Robeson),美国男低音歌唱家、演员、社会活动家。
105 1947年7月,美国发生了被称为"罗斯威尔事件"的不明物体坠毁事件,有人声称目击了外星人。该事件在当时引发极大轰动。

播"，我感到非常自豪。

到目前为止，我几乎没有按这台机器原本的用途做过什么，只是让孩子们在聚会时记录下有趣的对话。我觉得自己就跟获赠外国钟表的乾隆皇帝一样，我敢说他让宫女们玩了好一会儿。现在我真的要停笔了，所以……

（这是一位才华横溢的逻辑学教授善意地向我提出的建议。）

你永远的

徽因

一九四七年十一月十日

致费慰梅、费正清

1948年11月8日至12月8日

Nov 8,1948 to Dec 8, 1948
Peking

Dearest Wilma and John,

Now that I feel that we have perhaps only a month or two to write freely to you all in U.S.A. without postal service difficulties or whatever hitch there might be, I feel a bit choked or tongue-tied. Even this letter...I only hope that it will get to you before Christmas or for Christmas.

Many many thanks for all the books you sent us, especially the last which is John's own masterpiece and what a book! We certainly enjoyed and admired and gasped and discussed and were all very very much impressed. Sometimes we said to each other in affectionate patronizing phrases that John certainly grasps our "special celestial" complications here, or feels "that feel of things" there and anyway certainly this is no "foreign devil" stuff not even the slightest, to a modern Chinese—this time. Shiro said affectionately that he enjoyed John's book and that "There truly is not a single sentence that is an outsider's misinterpretation...he understands a lot", etc. Lao-Chin said that it is very "sane and scientific" summing up of us and that "There is John has a fundamental understanding. Fundamentally he is not like other foreigners." And I must say that—Ssu-cheng and I are surprised that—it is so absolutely free from foreign happy misunderstanding and well-wishing-wish-hope-or-despair. What I particularly admire in it is the way John puts Western things in Western terms and Chinese things in Chinese terms and yet in the same Western language intelligible both to the American who read about China in his own tongue and the Chinese who read about his own country in the other tongue. We all enjoy this enormously.

Besides, we often point out each other with the greatest admiration and without the least shame that we learned this and that fact about China from John and for the first time in our lives (!) For instance, "It is interesting...I never knew that corn or sweet potato came to China this late, or...etc (specially events among Sino-Western relations).

In other words, we all so very much enjoyed what John must have enjoyed writing. The Liangs have not been so pleasantly surprised since Wilma Fairbanks's reconstruction of the Wu Liang Shrines.

My only regret, if I have any, is that no Chinese art has been touched on in the summary though I don't quite see what art has got to do with foreign relations issues! Still, art is so much a part of us that when talking about us in general it is still somehow" there too, "mixed with semi-conscious complication in us...When I say "art" I mean "poetry" also of course, and by that I mean also perhaps the particular sensitivity and aesthetic-emotional experiences aroused by or reached through our our language—our peculiar written characters, word-picture, phrase structures, literature and literary traditions and heritages. Our peculiar language is really there parts rhetoric and poetry and only one part clear and precise speech!...What I mean is perhaps that his rich self-contained "language poetry-art-combination" also made us what we are and think and feel or dream.

It can very well become the obstinate nut-shell very hard for a westerner to crack open in order to reach us even when he does understand our social structure, Confucian pattern, bureaucratic tradition of the past and political problems of the present, etc...Of course I am just wondering and more or less thinking aloud to myself this moment and perhaps you are right, "art" does not come within the scope of what John's book deals with this time.

...In short, I think art at least is as important in in fluencing our mental make-up as diet is over our physical make-up, I am sure the fact that we eat rice and bean-curd can't help making us a little different from those who take great big pieces of steak and drink several glasses of milk, often with cream cake or pie. In the same way, the mam who sits grinding his ink-stone patiently making up a landscape is almost a different species from the young rebel who stays in the Paris Latin-quarter familiar with his Balzac type or post-impressionist paintings and the latest Matisses and Picassos (or the young man who travels down to Mexico to have a look at the Mexican frescoes) .

...All the above was my private bit of book-reviewingfor the sake of arguing,—affectionate argument worked up to tease John. It is going to cost me hell to send this letter!

As far as political views are concerned I agree with John

entirely this time. This means that I have come up closer to his views since we last argued in Chongking,—or rather, I have changed a bit by following the day to day issues at hand in the last two years and I feel John is faired too. I am very very happy that this is so. By the way, being very ignorant on many things, I am very grateful to John's instructive, informative bird's eye view of so many many phases of Chinese life, system or history. Being familiar with ourselves, we don't often try to get a clear perspective or to articulate about it. So John's book is fascinating reading to us all and we are going to make the younger generation read through it too.

...

May be we won't see each for a long time now! Things will be very different for us though we don't know different next year or next month. But as ever as the younger generation have something interesting to do and could keep fit and have work that is all the matter!

My love to you and John, always always

Phyllis

「译文」

最亲爱的慰梅和正清：

现在，因为邮路中断的难题或者可能出现的其他障碍，我觉得我们大概只有一两个月的时间能自由地给在美国的你们大家写信了，我感觉有些心烦，说不出话来。即使是这封信……我只希望能在圣诞节前或节日期间寄到。

非常感谢你们给我们寄来的那些书，尤其是最后一本，那是正清自己的杰作[106]，多好的一本书啊！我们无疑是喜欢、钦佩、惊叹的，并围绕它进行讨论，对它有着非常深刻的印象。有时，我们会用深感自命不凡的话语彼此交谈，正清当然理解我们这里的"天朝上国"情结，或者体会到我们"对事物的感觉"。无论如何，对于这一时代的现代中国人来说，这根本不是什么"洋鬼子"的东西。张奚若充满深情地说，他喜欢正清的书，"真的没有一句话是外人的误解……他懂得很多"等等。老金说，这是对我们非常"理智和科学"的总结，"正清对这些有着基本的认识。他与其他外国人完全不一样。"我必须说——我和思成都很惊讶——这本书完全没有外国人那种一厢情愿的误解和美好期望或者绝望。书中我尤其欣赏的就是正清用西方词汇说西方事物，用中国词汇说中国事物。用同一种西方语言，

---
106 指费正清1948年出版的首部著作《美国与中国》。

无论是用自己的语言阅读中国的美国人，还是用另一种语言阅读自己国家的中国人，都能理解书中的内容。我们都非常欣赏这一点。

除此之外，我们常常报以最大的钦佩并毫不羞愧地相互指出，我们从正清那里学到的许多关于中国的事实，是我们生平第一次知道的！例如，有趣的是……我从来不知道玉米和甘薯这么晚才来到中国，或者……（中西关系中的特殊事件）

换句话说，我们都非常喜欢正清的这部得意之作。自从费慰梅复原武梁祠[107]以来，梁家还未如此惊喜过。

我唯一的遗憾，如果有的话，就是这部概论中没有涉及中国艺术，虽然我不太看得出来艺术与外交关系问题有何相干！尽管如此，艺术仍然是我们的一部分，一般而言，当谈到我们时，它必定会与我们的潜意识混在一起，以某种方式出现……当我谈到"艺术"时，当然也指"诗歌"，我的意思是这种特殊的情感和审美体验可能源自我们的语言——我们独特的书写符号、口语、句子结构、文献和文学传统与遗产。我们独特的语言实际上由三部分组成：修辞、诗歌，另有一部分才是清晰准确的语言！……我的意思或许是，它丰富的自成体系的"语言-诗歌-

---

107　1941年，费慰梅发表论文《汉武梁祠建筑原形考》，这是国外学者最早关于复原武氏祠堂建筑的文章。

艺术结合体",也造就了我们现在的样子、我们的思想、我们的感觉、我们的梦想。

它很可能成为坚硬的坚果壳,西方人很难将其打开来接近我们,即使他理解我们的社会结构、儒家模式、过去的官僚主义传统和当前的政治问题……当然,此刻我只是在思考,或多或少地自言自语,也许你是对的,"艺术"不在正清这次的书所涉及的范围之内。

……简言之,我认为艺术对我们精神构造的影响至少和饮食对我们身体构造的影响一样重要。我敢肯定,吃米饭和豆腐的我们,与那些吃大块牛排、喝几杯牛奶、通常搭配奶油蛋糕或馅饼的人会有很大不同。同样地,坐在那里耐心研墨、勾勒风景的老妈,与留在巴黎拉丁区、熟悉巴尔扎克式或后印象派画作以及最近的马蒂斯和毕加索作品的年轻叛逆者(或旅行到墨西哥看一看墨西哥壁画的年轻人)几乎是不同的物种。

……以上都是我为了讨论而写的一些个人书评——为了捉弄正清而展开的深情论证。寄这封信要花我不少钱呢!

就政治观点而言,我这次完全同意正清的看法。这意味着,自从我们上次在重庆讨论以来,我更接近他的观点了——更确切地说,在过去的两年里,我每天都在关注身边发生的事情,这让我有了一些改变,我觉得正清的观点也是合理的。我非常高兴事情就是如此。顺便说一下，由于我对很多事情都不了解，我非常感谢正清对各阶段的中国生活、制度或历史所作的富有启发性和知识性的鸟瞰。由于对自身的熟悉，我们通常不会试图获取一个清晰的观点或者将其清楚地表达出来。所以正清的书对我们所有人来说都很有吸引力，我们也要让年轻一代读懂它。

……

也许我们很长一段时间都见不到彼此了！虽然我们不知道下一年或下个月会有什么不同，但对我们来说，情况将大不相同。但是，像以往一样，年轻一代有一些有趣的事情做，保持健康和有工作是最重要的！

永远爱你和正清

徽因

一九四八年十一月八日至十二月八日

北平

致梁思庄
1936年夏

思庄：

来后还没有给你信，旅中并没有多少时间。每写一封到北平，总以为大家可以传观，所以便不另写。连得三爷[108]，老金等信，给我们的印象总是一切如常，大家都好，用不着我操什么心，或是要赶急回去的。但是出来已两周，我总觉得该回去了，什么怪时候，赶什么怪车都愿意，只要能省时候。尤其是这几天在建筑方面非常失望，所谓大寺庙不是全是垃圾，便是已代以清末简陋的不相干房子，还刷着蓝白色的"天下为公"及其他，变成机关或学校。每去一处都是汗流浃背的跋涉，走路工作的时候又总是早八至晚六最热的时间里。这三天来可真真累得不亦乐乎。吃得也不好，天太热也吃不大下。因此种种，我们比上星期的精神差多了。

---

108 三爷，指林徽因的三弟林恒，当时住在梁家。

上星期劳苦功高之后，必到个好去处，不是山明水秀，就是古代遗址眩目惊神，令人忘其所以！青州外表甚雄，城跨山边，河绕城下，石桥横通，气象宽朗，且树木葱郁奇高。晚间到时山风吹过，好像满有希望，结果是一无所得。临淄更惨，古刹大佛有数处。我们冒热出火车，换汽车，洋车[109]，好容易走到，仅在大中午我们已经心灰意懒时得见一个北魏石像！庙则统统毁光！

你现在是否已在北屋暂住下，Boo[110]住那里？你请过客没有？如果要什么请你千万别客气，随便叫陈妈预备。思马一[111]外套取回来没有？天这样热，I can't quit imagine[112]人穿它！她的衣料拿去做了没有？都是挂念。匆匆

二嫂

整天被跳蚤咬得慌，坐在三等火车中又不好意思伸手在身上各处乱抓，结果浑身是包！

---

109 洋车，指黄包车。
110 Boo，思庄的女儿吴荔明的乳名。
111 思马一，梁思成五妹梁思懿的绰号。
112 此句意为：我不能想象。

致朱光潜

1937 年

我所见到的人生中戏剧价值都是一些淡香清苦如茶的人生滋味，不过这些戏剧场合须有水一般的流动性，波光鳞纹在两点钟时间内能把人的兴趣引到一个 Make-believe[113] 的世界里去，爱憎喜怒一些人物。像梅真那样一个聪明女孩子，在李家算是一个丫头，她的环境极可怜难处。在两点钟时间限制下，她的行动，对己对人的种种处置，便是我所要人注意的。这便是我的戏。

此信片段摘录自 1937 年 5 月 1 日《文学杂志》创刊号《编辑后记》。

---

113 Make-believe，虚幻。

致梁再冰

1937年7月

宝宝：

妈妈不知道要怎样告诉你许多的事，现在我分开来一件一件的讲给你听。

第一，我从六月二十六日离开太原到五台山去，家里给我的信就没有法子接到，所以你同金伯伯，小弟弟[114]所写的信我就全没有看见。（那些信一直到我到了家，才由太原转来。）第二，我同爹爹不止接不到信，连报纸在路上也没有法子看见一张，所以日本同中国闹的事情也就一点不知道！

第三，我们路上坐大车同骑骡子，走得顶慢，工作又忙，所以到了七月十二日才走到代县，有报，可以打电报的地方，才算知道一点外面的新闻。那时候，我听说到北平的火车，平汉路同津浦路已然不通，真不知道多着急！

第四，好在平绥铁路没有断，我同爹就慌慌张张绕到大同

---

114 金伯伯，指金岳霖。小弟弟，指梁从诫。

由平绥路回北平。现在我画张地图你看看,你就可以明白了。

请看第二版　第三版[115]

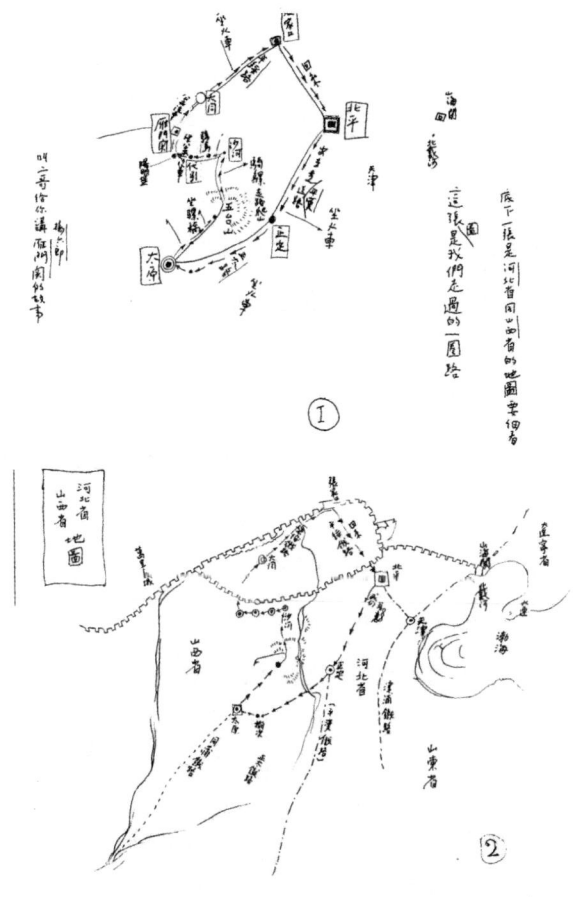

115　原信如此,附图编号为①②。

注意万里长城，太原，五台山，代县，雁门关，大同，张家口等地方，及平汉铁路，正太铁路，平绥铁路，你就可以明白一切。

第五（现在你该明白我走的路线了），我要告诉你我在路上就顶记挂你同小弟，可是没法子接信。等到了代县一听见北平方面有一点战事，更急得了不得。好在我们由代县到大同比上太原还近，由大同坐平绥路火车回来也顶方便的（看地图）。可是又有人告诉我们平绥路只通到张家口，这下子可真急死了我们！

第六，后来居然回到西直门车站（不能进前门车站），我真是喜欢得不得了。清早七点钟就到了家，同家里人同吃早饭，真是再高兴没有了。

第六[116]，现在我要告诉你这一次日本人同我们闹什么。

你知道他们老要我们的"华北"地方，这一次又是为了点小事就大出兵来打我们！现在两边兵都停住，一边在开会商量"和平解决"，以后还打不打谁也不知道呢。

第七，反正你在北戴河同大姑，姐姐哥哥们一起也很安稳的，我也就不叫你回来。我们这里一时也很平定，你也不用记挂。我们希望不打仗事情就可以完；但是如果日本人要来占北平，

---

116 原信如此。

我们都愿意打仗，那时候你就跟着大姑姑那边，我们就守在北平，等到打胜了仗再说。我觉得现在我们做中国人应该要顶勇敢，什么都不怕，什么都顶有决心才好。

第八，你做一个小孩，现在顶要紧的是身体要好，读书要好，别的不用管。现在既然在海边，就痛痛快快的玩。你知道你妈妈同爹爹都顶平安的在北平，不怕打仗，更不怕日本。过几天如果事情完全平下来，我再来北戴河看你，如果还不平定，只好等着。大哥[117]、三姑过两天就也来北戴河，你们那里一定很热闹。

第九，请大姐[118]多帮你忙学游水。游水如果能学会了，这趟海边的避暑就更有意思了。

第十，要听大姑姑的话。告诉她爹爹妈妈都顶感谢她照应你，把你"长了磅"。你要的衣服同书就寄来。

妈妈

117　大哥，指梁再冰的大表哥。
118　大姐，指梁再冰的大表姐。

致梁再冰

1941 年 6 月

鼓励你读书的妈妈很不希望这个可敬的袋鼠成了你将来的写照。喜欢读书的你必需记着同这漫画隔个相当的距离,否则……最低限度,我是不会有一个女婿的。

你的妈妈在病中

卅年六月里

致傅斯年[119]

1942年10月5日

孟真先生：

接到要件一束，大吃一惊，开函拜读，则感与惭并，半天作奇异感！空言不能陈万一，雅不欲循俗进谢，但得书不报，意又未安。踌躇了许久仍是临书木讷，话不知从何说起！

今日里巷之士穷愁疾病，屯蹶颠沛者甚多。固为抗战生活之一部，独思成兄弟年来蒙你老兄种种帮忙，营救护理无所不至，一切医药未曾欠缺，在你方面固然是存天下之义，而无有所私，但在我们方面虽感到 lucky[120] 终增愧悚，深觉抗战中未有贡献，自身先成朋友及社会上的累赘的可耻。

现在你又以成永兄弟[121]危苦之情上闻介公[122]，丛细之事累

---

119 傅斯年，字孟真，教育家、语言学家、历史学家，时任国民参政会参政员，兼任西南联大教授。
120 lucky，幸运。
121 成永兄弟，指梁思成、梁思永兄弟。
122 介公，指蒋介石。

及泳霓[123]先生为拟长文说明工作之优异，侈誉过实，必使动听，深知老兄苦心，但读后惭汗满背矣！

尤其是关于我的地方，一言之誉可使我疚心疾首，夙夜愁痛。日念平白吃了三十多年饭，始终是一张空头支票难得兑现。好容易盼到孩子稍大，可以全力工作几年，偏偏碰上大战，转入井臼柴米的阵地，五年大好光阴又失之交臂。近来更胶着于疾病处残之阶段，体衰智困，学问工作恐已无分，将来终负今日教勉之意，太难为情了。

素来厚惠可以言图报，惟受同情，则感奋之余反而缄默，此情想老兄伉俪皆能体谅，匆匆这几行，自然书不尽意。

思永已知此事否？思成平日谦谦怕见人，得电必苦不知所措。希望泳霓先生会将经过略告知之，俾引见访谢时不至于茫然。
此问
双安

徽因 拜上

十月五日午后

---

123 泳霓，指翁文灏，时任国民政府经济部长，在抗战期间主管中国的战时工业生产及经济建设。

致金岳霖

1943年11月下旬

老金：

多久多久了，没有用中文写信，有点儿不舒服。

John到底回美国来了，我们愈觉到寂寞，远，闷，更盼战事早点结束。

一切都好。近来身体也无问题的复原，至少同在昆明时完全一样。本该到重庆去一次，一半可玩，一半可照X光线等。可惜天已过冷，船甚不便。

思成赶这一次大稿[124]，弄得苦不可言。可是总算了一桩大事，虽然结果还不甚满意，它已经是我们好几年来想写的一种书的起头。我得到的教训是，我做这种事太不行，以后少做为妙，虽然我很爱做。自己过于不efficient[125]，还是不能帮思成多少忙！可是我学到许多东西，很有趣的材料，它们本身于我也

---

124 指梁思成用英文撰写的《图像中国建筑史》。
125 efficient，有效率。

还是有益。

已经是半夜,明早六时思成行。

我随便写几行,托 John 带来,权当晤面而已。

徽寄爱

致张兆和

1949年1月30日

卅七年末北平围城时从清华园寄城中。徽[126]。交三姐[127]。

三小姐：

收到你的信，并且得知我们这次请二哥[128]出来，的确也是你所赞同的，至为欣慰。这里的气氛与城里完全两样，生活极为安定愉快。一群老朋友仍然照样的打发日子，老邓[129]，应铨[130]等就天天看字画，而且人人都是乐观的，怀着希望的照样工作。二哥到此，至少可以减少大部分精神上的压迫。

他住在老金家里。早起八时半就同老金一起过我家吃早饭；饭后聊天半小时，他们又回去；老金仍照常伏案。

126　徽，指林徽因。
127　三姐，指张兆和。
128　二哥，指沈从文。
129　老邓，指邓以蛰，时为清华大学哲学系教授。
130　应铨，指程应铨，时为清华大学建筑系讲师。

中午又来，饭后照例又聊半小时，各回去睡午觉。下午四时则到熟朋友家闲坐；吃吃茶或是（乃至）用点点心。六时又到我家，饭后聊到九时左右才散。这是我们这里三年来的时程，二哥来此加入，极为顺利。晚上我们为他预备了安眠药。由老金临睡时发给一粒。此外在睡前还强迫吃一杯牛奶，所以二哥的睡眠也渐渐的上了轨道了。[131]

徽因续写：

二哥第一天来时精神的确紧张，当晚显然疲倦，但心绪却愈来愈开朗，第二天人更显愉快。但据说仍睡得不多，所以我又换了一种安眠药交老金三粒（每晚代发一粒给二哥），且主张临睡喝热牛奶一杯。昨晚大家散得特别早。今早他来时精神极好，据说昨晚早睡，半夜"只醒一会儿"。说是昨夜的药比前夜的好，大约他是说实话不是哄我。看三天来的进步，请你放心他的一切。今晚或不再给药了，我们熟友中的谈话多半都是可以解除他那些幻想的过虑的，尤以熙公[132]的为最有力，所以在这方面他也同初来时不同了。近来因为我病老金又老，在我们这边吃饭，所以我这里没有什么客人，他那边更少人去，

---

131 以上为梁思成所写，以下为林徽因所写。
132 熙公，指张奚若，时为清华大学教授。

清静之极。今午二哥大约到念生[133]家午饭。噜噜嗦嗦写了这大篇，无非是要把确实情形告诉你放心，"语无伦次"一点，别笑话。

这里这几天天晴日美，郊外适于郊游闲走，我们还要设法要二哥走路——那是最可使他休息脑子，而晚上容易睡着的办法，只不知他肯不肯，即问。

思成　徽因同上

您自己可也要多多休息才好，如果家中能托人，一家都来这边，就把金家给你们住，老金住我们书房也极方便。

---

[133] 念生，指罗念生，时为清华大学教授。

附：1949年2月2日张兆和致林徽因、梁思成

徽因、思成先生：

看到王逊[134]带来的信，你们为二哥起居生活安排得太好了。他来信说，住在你们那里一切都好，只是增加了主人的情绪负担，希望莫为他过分操心，就安心了。他又说，正在调整自己，努力改造自己，务使适应新的未来。我相信他的话。希望他在清华园休息一阵子，果然因身心舒畅，对事事物物有一种新看法，不再苦恼自己，才不辜负贤伉俪和岳公，熙公们的好意。

听王逊说，徽因先生招了凉，犯气喘，间或还发烧，望能多休息，少说话，别为二哥反疏忽了自己。我们全家下乡究竟有许多不便，过几天我也许来清华玩一天，今甫先生也说要来。我担心你们储粮有限，要面粉我设法托人运来，大米也还有一点。没有空不须给我写信，有什么话告诉张中和好了。

解放军进城后，城内秩序已渐趋安定。大家都好。

交中和带来的安眠药，仍然请交金先生在必要时发给从文吃。谢谢你们。

兆和　上
二月二日

134　王逊，时为南开大学教授。

致梁思成

1953 年 3 月 12 日

思成：

……

我现在正在由以养病为任务的一桩事上考验自己，要求胜利完成这个任务。在胃口方面和睡眠方面都已得到非常好的成绩，胃口可以得到九十分，睡眠八十分，现在最难的是气管，气管影响痰和呼吸又影响心跳甚为复杂，气管能进步一切进步最有把握，气管一坏，就全功尽废了。

我的工作现实限制在碑[135]建会设计小组的问题，有时是把几个有限的人力拉在一起组织一下分配一下工作，技术方面讨论如云纹，如碑的顶部；有时是讨论应如何集体向上级反映一些具体意见作一两种重要建议，今天就是刚开了一次会，有阮邱莫吴梁连我六人，前天已开过一次，拟了一信稿呈郑副主

---

135 碑，指当时正在设计中的人民英雄纪念碑。

任[136]和薛秘书长[137]的,今天阮将所拟稿带来又修正了一次,今晚抄出大家签名明天可发出(主要①要求立即通知施工组停扎钢筋,美工合组事难定了,尚未开始,所以②也趁此时再要求增加技术人员加强设计实力,③反映我们对去掉大台认为对设计有利,可能将塑型改善,而减掉复杂性质的陈列室和厕所设备等等使碑的思想性明确单纯许多)。再冰小弟都曾回来,娘也好,一切勿念。信到时可能已过三月廿一日了。

天安门追悼会[138]的情形已见报我不详写了。

昨李宗津[139]由广西回来还不知道你到莫斯科呢。

徽因 三月十二日写完

---

136 郑副主任,指郑振铎。
137 薛秘书长,指薛子正。
138 追悼会,指斯大林的追悼会。
139 李宗津,清华大学建筑系美术教授,油画家。

致梁思成

1953年3月17日

思成：

今天是十六日，此刻黄昏六时，电灯没有来，房很黑又不能看书做事，勉强写这封信已快看不见了。十二日发一信后仍然忙于碑的事。今天小吴老莫[140]都到城中开会去，我只能等听他们的传达报告了。讨论内容为何，几方面情绪如何，决议了什么具体办法，现在也无法知道。昨天是星期天，老金不到十点钟就来了，刚进门再冰也回来，接着小弟来了，此外无他人，谈得正好，却又从无线电中传到捷克总统逝世消息。这种消息来在那沉痛的斯大林同志的殡仪之后，令人发愣发呆，不能相信不幸的事可以这样的连着发生。大家心境又黯然了，……

中饭后老金小弟都走了。再冰留到下午六时，她又不在三月结婚了，想改到国庆，理由是于中干[141]说他希望在广州举行。那

---

140 老莫，指莫宗江，人民英雄纪念碑建筑设计组副组长。
141 于中干，梁再冰的丈夫。

边他们两人的熟人多，条件好，再冰可以玩一趟。这次他来，时间不够也没有充分心理准备，六月又太热。我是什么都赞成。反正孩子高兴就好。

我的身体方面吃得那么好，睡得也不错，而不见胖，还是爱气促和闹清痰打"呼噜出泡声"，血脉不好好循环冷热不正常等等，所以疗养还要彻底，病状比从前深点，新陈代谢作用太坏，恢复的现象极不显著，也实在慢，今天我本应该打电话问校医室血沉率和痰化验结果的，今晚便可以报告，但因害怕结果不完满因而不爱去问！

学习方面可以报告的除了报上主要政治文章和理论文章外，我连着看了四本书都是小说式传记。都是英雄的真人真事。……

还要和你谈什么呢？又已经到了晚饭时候，该吃饭了，只好停下来。（下午一人甚闷时，关肇业[142]来坐一会儿，很好。太闷着看书觉到晕昏。）（十六日晚写）

十七日续　　我最不放心的是你的健康问题，我想你的工作一定很重，你又容易疲倦，一边又吃 Rimifon[143] 不知是否更易累和困，我的心里总惦着，我希望你停 Rimifon 吧，已经满两个

142　关肇业，指关肇邺，梁思成和林徽因是他在清华大学建筑系学习时的导师。
143　Rimifon，雷米封，一种防治结核病的药。

半月了。苏联冷，千万注意呼吸器官的病。

昨晚老莫回来报告，大约把大台[144]改低是人人同意，至于具体草图什么时候可以画出并决定，是真真伤脑筋的事，尤其是碑顶仍然意见分歧。

徽因匆匆写完　三月十七午

144　大台，指人民英雄纪念碑的基座。

致《大公报·小公园》副刊编辑

1935年7月下旬

现在图案是画好了，十之七八是思成的手笔，在选材及布局上，我们轮流草稿讨论。说来惭愧，小小一张东西我们竟然做了三天才算成功。好在趣味还好，并且是汉刻，纯粹中国创造艺术的最高造诣，用来对于创作前途有点吉利。

本信刊于1935年7月31日《大公报·小公园》第1751号《关于图案》中，系林徽因致《大公报·小公园》副刊编辑书信的节选。

致《中国建筑彩画图案》编者

1934年

……[145]

（三）纹样的尺度粗细的分配因为在缩尺的图样中没有按原来比例缩减，而随了毛笔的粗细描出，全梁彩画"构图"的完整性，常常受到很大的损失。

（四）青绿的变调和各彩色在应用上改动的结果，在全梁彩色组合上，把主要的对比搅乱了。例如将那天你社留给我的那张印好的彩画样子和清宫中太和门中梁上彩画（庚子年日军侵入北京时由东京帝国大学建筑专家所测绘的一图）正是同一规格，详细核对，比着一起看时，就很明显。原来的构图是以较黯，青绿为两端箍头藻头的主调来衬托第一条梁中段，以朱为地，以彩色"吉祥草"为纹样的枋心，和第二条梁靠近枋心的左右梁，红地吉祥草的两段藻头，两层梁架上就只点出三块

---

[145] 书信底稿中之前的部分已佚。

红色的主题，当中再隔开一道长而细的红色垫板，全梁青绿和朱的对比就清清楚楚明明白白，一点也不乱。

从花纹比例上看，纹样细微像丝织品上的纹路，不是和这次所印的那样粗，在效果上有极不同的表现，细密如锦的感觉（触觉）非常美，青绿调更是安静调。和它们是中国颜料的特色，当中白线路带蜜黄调，不跳也细得更多，箍头两旁纹样更像少数民族的花边，在尺度上比例上都细微如织纹。而这次刘同志等所画真是"五彩缤纷"，有人说是"八仙过海各显其能"，颜色上宾主不分，噪聒喧腾，一片热闹而不知所云。

写到这里，接到来信，将稿件看过一遍（另复），知道贵编辑的为难，要在序文中强调优点。而我在此正分析其没落"走样"的现象。不得已，已在抄搞中作了一点很轻微的，但是负责的修正。语气上和实事求是的问题，讨论上好像是应该如此的，盼望可以通过。[146]

从花纹比例上看，纹样细致如丝织品，上纹路产生细密如锦的感觉，非常安静，不像这次所印的那样粗圆，大线路被金和白搅得热闹嘈杂异常的效果。绿线两色调和相处，它们都是中国的矿质颜料的色调，不黯也不跳，白色略带蜜黄，不太宽

---

[146] 以下为书信底稿的异文。

也不突出。在另外一张彩画上看到箍头两旁所用的（图样）纹样和刘同志等所画的效果上也大不相同，它们是细密的如少数民族的边锦织纹。大约是在比例上被艺人们放大了，所以效果那样不同。总而言之，我曾留下的那一张的确是"走了样的"，和玺椀花结带与太和门中梁上一样格式的彩画图案。因为上述各种的差异结果变成五彩缤纷，宾主不分，有人说是"八仙过海，各显其能"，聒噪喧腾，一片热闹而不知所云。从艺术效果上说确是失败的"走样"的例子。

写到这里接到来信，将稿件看过一遍，知道你们编辑的为难，要在序文中强调强调优点。而我却在此正做分析，指出"走样"的现象。我已在抄稿中接受提出优点的原则下，作了一点很轻微的，但是负责的修正。语气上绝不能一味夸张这些清代彩画的变体，在实事求是的讨论严正一点，盼望修正可以通过。

林徽因[147]

3-1：拿花结带纹，朱地藻头

3-2：绿地龙纹枋

3-3：拿花结带纹，朱地藻头

---

[147] 以下是林徽因写在普通纸上的文字。

3-4：(黯调) 青绿箍头 (石青有宝石蓝的效果)

3-5：(一般白色都不突出)

3-6：朱柱

3-7：注：颜色铅笔色调完全不对